적대적 상황에서의
생존 메커니즘

알마 인코그니타 Alma Incognita
알마 인코그니타는 문학을 매개로,
미지의 세계를 향해 특별한 모험을 떠납니다.

적대적 상황에서의
Mécanismes de survie en milieu hostile
생존 메커니즘

올리비아 로젠탈
Olivia Rosenthal
연작소설

한국화 옮김

퍼즐을 맞추기 시작할 때 우리는 이 퍼즐이

조르주 페렉의 삶이고 작품이라는 것은 알고 있지만

그것이 완성되었을 때 어떤 모습일지는 모른다.

그것은 어쩌면 전부 하얀색일 수도 있고

혹은 한쪽 구석에 작은 별이 하나 빛나고 있을 수도 있다.

조르주 페렉
〈포에지 인앵터롬퓌〉, 프랑스 문화방송
1977년 2월 20일

사건은 한 번 일어나는 데서 그치지 않고 다시 찾아온다. 우리가 받아들이건 말건 사건은 우리가 그것을 피하려고 생각해낸 술책보다 더 끈질기고 고집이 세다. 쓴다는 것은 이러한 술책 중 하나다. 우리는 현실을 통제하고 구분하고 설계하고 손안에 꽉 쥐고 있다고 믿지만 대부분의 경우에는 현실이 우리를 장악하도록 내버려둔다. 세계를 허구화함으로써 무슨 일이 있었던지를 다시 생각하려고 노력했고 망각했다는 것을 최후의 순간에 발견하기 위해 우리는 맹목적으로 결말을 향해 나아간다.

모든 의미에서 다시 살아 돌아온 자들에 관한 이야기

　제 작품 세계가 낯설게 느껴지실 한국의 독자들에게 제가
이야기를 만드는 방식에 대해 소개할까 합니다. 십여 년 전부
터 저는 특정한 주제나 직업을 가진 사람들을 인터뷰하기 시
작했습니다. 무얼 찾고 있는지는 확실히 모르지만 어렴풋하게
갖고 있던 생각과 관련하여 사람들에게 질문을 던지기도 했지
요. 이 인터뷰와 방대한 다큐멘터리 자료를 바탕으로 소설을
썼습니다. 예를 들면 동물과 관련된 일을 하는 사람들, 그러니
까 수의사, 사육사, 조련사부터 정육점 주인, 관련 연구자까지
인터뷰를 해서 이를 바탕으로 소설을 쓰기도 했고, 또 어떤 작
품은 기억 장애 환자들 곁에 있는 사람들에게 던진 질문이 작
품의 시작이 되기도 했습니다. 이러한 경험을 통해 저는 사람
들이 자신이 대해 명쾌하고 비판적이며 정확한 접근 방식을 갖
고 있다는 사실을, 그리고 자신의 경험에서 비롯된 아주 매혹
적인 이야깃거리를 가지고 있다는 사실을 알게 되었습니다. 이

런 이야기들은 자신이 아무리 실력이 뛰어난 작가라도 혼자서는 지어낼 수 없을 만한 것들이었지요.

이 작품에서도 같은 방식을 택했습니다. 이번에는 임사체험을 한 사람들, 즉 죽은 것으로 판정되었다가 다시 살아난 사람들을 인터뷰했습니다. 다른 편으로 넘어가서 본 세상에 대해, 그리고 이 경이로운 여행이 어떻게 다시 살아 돌아온 후의 삶을 근본적으로 변화시켰는지에 대해 질문하기로 했습니다. 이를 통해 죽는다는 것은 우리가 믿고 있는 것처럼 비극적인 사건이 아니라 평범하고 때로는 유쾌할 수도 있는 일화라는 것을 깨달았습니다. 또한 우리는 죽음이 극단적이고 결정적인 단절이라고 배웠지만, 사실 죽음은 느린 과정이라는 것, 그리고 삶에서 죽음으로 가는 한 방향만이 아니라, 죽음에서 삶으로 오는 것 역시 가능하다는 점을 이해했습니다. 살아있는 자와 죽은 자 사이에 견고하고 완전한 경계가 있다는 선입견을 재고하고, 살아있는 자와 죽은 자가 대화하며 그들 고유의 특성과 존재 방식을 교환하는 경험으로부터 무엇인가를 끌어내야 한다고 생각했습니다.

실제로 이 책은 모든 의미에서 다시 살아 돌아온 자들에 대한 이야기입니다. 서로 독립된 것처럼 보이는 다섯 개의 이야기 속에서 실제 일어나는 일을 파악하고 화자의 여정을 밝히기 위해서는 길 잃는 것을 각오해야 합니다. 그건 기준으로 삼을 만한 것이 없는 낯선 세계에 깊이 뛰어드는 일과 같지요. 그

세계에 자신을 내려놓으십시오. 즉시 이해하고, 설명하고, 합리화하려고 하지 마십시오. 쓰인 단어에 자신을 맡기고, 그것들 자체로 받아들이고, 문자로 쓰인 의미를 신뢰하십시오. 은유 또는 상징을 찾으려고 시도하지 마십시오. 묘사된 감각과 책에 쓰인 내용에 최대한 주의를 기울이십시오. 그러면 알게 될 것입니다. 이 여정에는 아무것도 아닌 것처럼 보이기 때문에 주의를 기울이지 않을 만한 단서와 정보가 곳곳에 분산되어 있습니다. 어쩌면 독자 여러분은 다른 것을 생각하거나, 다가오는 것들에 자신을 맡기는 것이 두렵다는 이유로 이 단서들을 알아채지 못하고 무시할 수도 있습니다. 하지만 텍스트 전체에 흩어져 있는 이 단서들은 점차 신호, 표시, 흔적이 되어 여러분에게 다가갈 것입니다. 독자 여러분은 이것들을 통해 점차 화자에게, 그리고 그가 말하는 애도와 죄책감에 대한 경험에 접근하게 될 것입니다. 각 장에 걸친 이 불확실한 모든 것들은 조금씩 정체를 드러낼 것입니다. 만약 이 소설의 낯선 형태, 지표의 상실, 그리고 불안하고 어두운 세계로 빠져드는 걸 받아들인다면 결국에는 화자를 따라 미로를 탈출할 것이고 화자에게, 또한 여러분에게 일어난 일들을 이해할 수 있을 것입니다. 그러면 독자 여러분과 저는 우리에게 좀처럼 말할 기회가 없었던 것들, 우리가 멀어져버린 장소로부터 우리에게 놀라운 신호를 보내는 자들과 우리 모두가 맺고 있는 관계에 대한 것들을 공유하게 될 것입니다.

독서를 방해하지 않기 위해 더 많은 말을 붙이지 않겠습니다. 하지만 책의 마지막 페이지를 넘기는 순간 여러분은 목표에 도달하기 위해 서두르느라 보고도 그냥 지나쳤던 것들, 하지만 문장들 사이에 그대로 선명하게 쓰여 있는 이 단서들을 다시 발견하기 위해 책을 다시 읽고 싶어질 수도 있습니다.

이 글을 끝내기에 앞서 이 책을 번역한 한국화 작가에 대해 말하고 싶습니다. 우리는 제가 파리 8대학에 개설한 문예창작과에서 만났습니다. 그는 늦게 습득한 프랑스어로 글을 쓰기 시작했고, 올해 초에 첫 단편소설집을 출판했습니다. 그는 아마도 글을 쓰기 위해 중심을 잃는 것이, 그가 늦게 배웠기 때문에 들을 수 있었던 낯선 언어의 깨지기 쉽고 불확실하고 혼란스러운 무엇인가가 필요했을 것입니다. 그의 글에서는 침묵 속에서 우리가 겪어야 하는 모든 것들에 대한 관심과 그것으로부터 자유로워지고자 하는 시도가 느껴집니다. 바로 이 것이 저를 감동하게 하는 동시에 우리 둘을 잇는 지점이라고 생각합니다.

이 글이 모쪼록 책에 접근하는 데 도움이 되기를 바랍니다. 그리고 이 책에서 길을 밝히기 위해 우리 모두에게 필요한 작은 불빛을, 깜빡거리는 불꽃으로 된 작은 불빛을 찾을 수 있길 바랍니다.

2020년 1월

올리비아 로젠탈

차례

도주

    도로 한쪽에다 그녀를 버렸다. 그녀와 함께 머무는 것은 이제 불가능했고 너무 위험해져버렸다. 빽빽한 울타리, 뿌리와 철조망처럼 적대적으로 가시가 돋친 식물이 복잡하게 얽힌 것들 뒤로, 바람이 들지 않는 움푹 팬 곳에 그녀를 내버려두었다. 그곳에서라면 아무에게도 보이지 않을 것이고 혹시라도 우군이 이 길로 들어선다면 그녀는 그들의 소리를 듣고 자신의 존재를 알릴 수도 있을 것이다. 나는 몇 개의 비축 식량을 쑤셔 넣은 천 가방을 그녀의 팔에 건넸다. 그녀는 신음을 뱉으며 눈을 떴는데 나는 그녀의 귀에다 대고 갈게, 라고만 속삭였다. 나는 다시 길로 접어들었다. 푹 파인 길을 따라 몇백 미터를 걸은 후 탁 트인 거대한 평지를 발견했고, 어둠이 그다지 유리하지 않다는 것을 알면서도 밤을 기다리는 편을 택했다. 우리는 밤에 이동해서는 안 된다. 하지만 나는 그렇게 했다. 나는 해가 지기를 기다렸다. 아주 미세한 움직임과 빛의 변화에 신경을 쓰며 나무 한 그루 없는 고원을 오랫동안 쳐다봤고, 눈에 보이지 않는 침략자의 존재를 찾아내려고 했다. 나는 줄곧 결심을 내리지 못한 채, 왔던 길을 다시 돌아가는 것이 나을지 자문했다. 그때 뒤에서 무엇인가 구겨지는 듯한 소리가 났다. 아마도 작은 새 한 마리가 나뭇가지 사이로 움직인 것이겠지만 나는 너무나도 겁을 먹은 나머지 생각할 틈도 없이 내리 달음박질쳤다. 나는 앞으로 쭉, 최대한 빨리 뛰었고 그렇게 달리는 내내 총알 한 발이 나를 곧장 멈춰 세울 수도 있겠다고 생각했다. 그 상상은 나를 마비시키는 대신에 나에게 있는 힘을 모두 끌어올리게 했다. 나는 오로지 호흡과 쏜살같이 달릴 수 있는 가장 효율적인 방법에만 집중했다. 공포는 자신을 자각하지 못하게 함으로써 자신을 유지하는 하나의 방법이다.

 그렇게 얼마나 뛰었는지 모르겠다. 나는 나무들 아래에 도착했다. 더는 숨을 쉴 수 없을 정도가 돼서야 비로소 멈춰 선 것이다. 뒤를 돌아봤다. 안쪽의 길로 그녀를 버려두고 온 기다란 가시덤불 울타리가 아직도 보였다. 내 안의 무엇인가가 그곳을 떠나길 거부하고 있었다. 나는 오랫동안 그곳, 그 가장자리에 머물렀고, 고원에서 그녀의 실루엣이 불현듯 나타나 나를 따라잡을 것만 같은 생각에 심장이 뛰었다. 그런 일은 일어나지 않았다. 그리고 이후, 나는 어떻게 들어갔는지는 모르지만 숲속에 있었다. 쓰러진 나무 몸통에 발부리를 부딪쳐가며 어둠 속을 더듬었다. 바람이 불었다. 날이 더 싸늘해졌다.

나무에 등을 기대고 쪽잠을 잤다. 먹지도 않았다. 내가 떠난 날짜가 정확히 기억나지 않았기에 이 다음 날부터 날짜를 세기로 마음먹었다. 그렇게 함으로써 그녀로부터 나를 갈라놓은 시간을 가늠하고, 그녀로부터 가차 없이 멀어질 수 있을 것이라고 생각했다. 날짜들이 계속 더해져 언젠가는 그에 대해 아무것도 할 수 없을 만큼 커질 때가 올 것으로 생각했다. 숫자들은 내 머릿속을 가득 채우고 진정시키고 둔하게 만들 것이었다. 나는 이 숫자들의 두꺼운 겹 사이로 푹 잠기고 싶었다.

다음 날이 첫째 날이었다. 간격을 두고 오래된 철도를 따라가려고 준비했다. 나는 순찰대를 피하고 싶었다.

다섯째 날이 돼서야 한 마을에 도착했다. 나는 몇십 미터 정도 떨어진 곳에서 주위를 살폈고 기다렸다. 벌써 한 무리가 그곳에 거처를 잡았을지 몰라 겁이 났다. 공기를 들이마셔보았지만 어떤 수상한 냄새도 맡을 수 없었다. 혹시 지하 통로가 파여 있지는 보려고 바닥을 긁어보았다. 땅 위에 귀를 대고 무슨 소리가 나는지 들어보았다. 아무것도 없었다. 모든 것이 조용했다. 나는 좀 더 기다렸다. 마을 안에 들어가지 않고 꼬박 한 낮과 한 밤을 근처에서 머물렀다. 여섯째 날이 되어서야 나는 마을의 집들을 살펴보는 위험을 감수하기로 했다. 버려진 마을이었다. 주민들은 떠나기 전에 자신을 알아볼 수 있을 만한 것들을 모두 태워버렸다. 나는 이곳저곳을 뒤져 적당한 피난처를 발견했다. 나는 점점 쇠약해지기 시작했고, 그곳에 머물렀다.

처음에는 아무에게도 말하지 않는 것이 힘들게 느껴졌다. 나는 그녀를 내버려두고 온 것을 후회했다. 그녀를 버렸다는 사실이 고통스러웠다. 만약 우리가 함께 이 마을에 도착했더라면 그녀를 돌봐줄 수 있었을 것이라는 생각이 들었다. 하지만 그 가정은 나를 갉아먹었고 그래서 더 이상 그에 대해 생각하지 않았다. 나는 살아남기 위한 계획에 집중했고 생존에 대해 말하기로, 단어들을 소리 내서 내뱉기로 했다. 그렇지 않으면 그것들을 잊어버릴까봐 무서웠다. 내 목소리가 귓가에서 이상하게 울렸다. 나는 숨을 것이다, 라고 말했고, 나는 오중에 마을의 집들을 뒤져서 안전한 장소를, 따뜻하고 젖어 있지 않고 다른 이의 시선으로부터 보호받을 수 있는, 나 혼자만을 위한 안전한 장소를 찾을 것이다, 라고도 말했다. 내가 정확히 알지 못하면서 사용하는 말이 있다. 예를 들면 오중이라는 단어가 그것인데, 나는 순전히 내 즐거움을 위해 묻혀 있고 오래된 무엇인가를 기억해내려고 그 단어를 발음했고, 그 단어를 말하는 것은 나를 위로했다.

처음 며칠은 다른 무리가 오지는 않을까 하는 생각에 두려웠다. 누군가 길 잃은 나를 발견한다면 그들은 나를 처벌할 것이고, 이는 아주 끔찍할 것이었다. 나는 그들이 그러는 것을 본 적이 있다. 나 역시도 그것을 한 적이 있다. 마을의 어느 집에서 나는 숨을 곳을 발견했고, 다시 기력을 찾고 무기를 만들 시간 동안 그곳에 잠시 머물기로 했다. 여덟째 날, 나는 무기를 제조할 것이다, 라고 말했다. 나는 내가 미래형으로 말하고 있고, 따라서 나에게는 탐험해야 할 미래가 있다는 점을 인정했다. 휴식을 취한 이후에 탐험할 것이라고 나 자신과 약속했다. 나는 거의 서랍만큼이나 좁은 은신처에서 몸을 웅크리고 잠을 잤다. 몇 시나 됐는지 모르는 채로 몇 번이나 깼다. 시간을 헤아렸던 적이 오래되었다. 만약 시간이 사라진다면 날짜를 세는 것도 불가능해질 것이었고, 날짜만은 절대로 잊고 싶지 않았기 때문에 적어도 어림잡아 몇 시 정도인지는 알아야 한다고 생각했다. 은신처를 조심스럽게 떠나, 뒤로 숨겨져 있던 뚜껑문 비슷한 것을 밀었더니 환한 빛이 쏟아졌다. 마음이 내키지 않았지만 현관문 쪽으로 향했다. 나는 내 동굴 안에 머물며 잠 속으로 영원히 빠져들고 싶었다. 햇볕이 수직으로 떨어지고 있었고 나는 열두 시라고, 정오라고 중얼거렸다. 나는 유사점이 있다고, 오중과 정오 사이에는 차이점과 유사점이 있다고 생각했다. 나는 단어들이 이 세상의 현실을 가리키고 지속성을 가진다는 것을 확인했다. 그 사실은 잠깐 나를 기쁘게 했지만 이내 즐거움은 잊었다. 순간 나는 눈에 너무나도 잘 띄는 집 앞에서 나 자신이 노출되고 있다는 느낌을 받았다. 누군가가 나를 지켜보는 것 같았다. 나는 은신처로 곧장 들어가 내가 만들기 시작한 보잘것없는 무기 중 하나를 손에 든 채로 벌벌 떨고 또 떨었다.

나중에서야 아무도 나를 보지 않았다는 것을 깨달았다. 현재로서 나는 혼자였다. 그 사실이 나를 완전히 안심시키지는 않았지만 적어도 다음에 대해 숙고할 시간이 생겼다고 생각했다. 나는 다음을 생각해, 라고 말했지만 그런 식으로 스스로 명령을 내리는 것은 기대한 만큼의 효과가 없었다. 나는 생각하지 않았다. 탈진한 채로 은신처에 머물렀다. 배가 고팠다. 목이 말랐다. 그러다 밤이 되었는지 확인하려고 다시 나갔다. 나는 그렇게 하루를, 내가 나의 동행인을 길에다 버리고 온 날로부터 다시 하루를 셀 수 있었다.

나는 내 은신처에 익숙해졌고 경계의 끈을 놓기 시작했다. 그들이 지금까지 오지 않았다면 앞으로도 오지 않을 것이었다. 나는 특히 낮에 점점 더 외출하기 시작했다. 현장을 살펴보기 위해 처음엔 한 시간을, 다음에는 두 시간을, 그러다가 꼬

박 오후 전체를 보냈다. 며칠이 지났고 그녀와 나 사이의 거리는 두꺼워졌다. 이와 동시에 우리를 가르는 공간은 계속 같았다. 이것이 나의 출발을 어렵게 만들었다. 이곳으로 올 때 밟았던 길을 그대로 따라 일정한 속도로 걷는다면 여섯 번째 날이면 그녀를 만날 수 있을 거라고 머릿속으로 계산했다. 하지만 내가 그녀를 떠난 지 벌써 열흘 하고도 하루가 지났다. 순찰대가 그녀를 찾아냈을 것이다. 나는 큰 목소리로 나는 환상을 품고 있고 순찰대는 없다, 라고 말했다. 나는 그런 식으로 말하고 생각했다는 것에 자신을 원망했다. 그러는 한편 모두들 도망갔고 나도 그들과 다르지 않았다.

열셋째 날, 옛 과수원 터에서 시냇물을 발견했다. 개울가에서 목을 축이고 몸을 씻었다. 길에 다시 들어야 했지만 그럴 수가 없었는데, 온몸이 마비된 것처럼 움직일 수가 없었고 내가 지금 안전한 곳에 있다는 생각이 들었다. 기억들이 혼란스럽게 뒤엉키기 시작했다. 그것은 좋은 신호라고, 내가 그녀를 버리는 중이라고 생각했다. 널 버린다, 나는 말했다. 다른 방법이 없어, 나는 말했다. 우리는 둘 다 죽었을 거야, 라고 말했다. 그중 한 명이라도 사는 것이 나아, 라고 말했다. 나는 입을 다물었다. 기진맥진했다. 말하는 것은 엄청난 노력이 필요했는데, 이는 먹고 숨고 기다리고 감시하는 것보다 더 큰 노력이었다. 다음 날이 되었을 때 나는 은신처에 내내 갇혀 있었다. 열이 났다.

이미지와 느낌, 꿈이 처음에는 희미하게, 그러다가 점점 선명하게, 고통스러울 정도로 아주 선명하게 나를 찾아온 것은 그 시기였다. 열다섯째 날, 이미지들은 좀 더 명확해졌다. 나는 계속 열이 나서 그들을 쫓아버리는 데 성공하지 못했다.

임사체험, 혹은 근사체험은 임상 죽음이나 혼수 상태의 결과로서 나타나는 착란 증상의 집합이다. 살아있는 사람들 곁으로 다시 돌아온 환자는 모두 비슷비슷한 이미지를 묘사했다. 터널이 보이고 그들의 실루엣이 좁은 관 속으로 들어가 걷는다. 그들은 이 터널 끝에서 한 줌의 빛을 발견한다. 이 최후의 이미지 안에서 그들은 실루엣의 상태로, 즉 검고 분화되지 않은 형상, 그림자로 변한다. 그들은 굴곡 없이 기다랗고, 마치 로봇처럼 천천히 움직인다. 그들은 나아가 터널 끝에 있는 빛의 지점에 닿으려고 애를 쓴다. 만약 그들이 그곳에 닿는다면, 그들의 실루엣은 빛에 삼켜져 사라지고 말 것이다. 그렇지만 다시 돌아온 사람들은 그곳에 닿지 않는다. 그들은 통로에서 머물고, 미지의 힘이 그들이 저 너머로 가는 것을 막는다. 다시 그들에게 감각이 찾아오고 안쪽의 출입구가 멀어질 때 그들은 실망하지만, 이는 잘못된 생각일 것이다. 그들의 실루엣이 문을 지나 눈부신 섬광 안으로 사라졌다면, 그들은 죽었을 것이다.

열일곱째 날, 열이 좀 내렸다. 지평선이 보였다. 날씨가 맑았다. 걱정할 만한 것은 아무것도 보이지 않았다. 나는 냇가로 돌아가 열을 떨어뜨리려고 물속에 몸을 완전히 담갔다. 옷가지가 피부에 달라붙었다. 나는 그것들을 벗었다. 어느 집 안에서 발견한 담요로 몸을 감싼 채 옷이 마르기를 기다렸다. 공기 중의 무엇인가가 나에게 다시 떠나야 한다고 말하고 있었다. 밤이 되었고, 그럴 만한 아무런 이유가 없는데도 나는 다시 두려워하기 시작했다.

열여덟째 날, 누군가가 집에 있었다. 나는 이를 바로 알아차렸고, 심지어는 잡초가 밟히면서 나는 소리가 나를 깨웠다고 믿었다. 해가 뜨려고 하고 있었다. 은신처 안으로 빛이 조금 들어왔고, 나는 밖에서 무슨 소리가 나는 것을 들었다. 집 근처의 발걸음 소리, 누군가 문을 여는 소리, 들어오는 소리. 나는 호흡에 집중하며 냉정함을 유지하려 했고, 그들이 이 뚜껑문을 연다면 내가 무엇을 할 수 있을지 최대한 빨리 생각하려고 했다. 해결책은 없었다. 나는 덫에 걸렸다. 내가 남긴 흔적들을 생각했다. 내가 정말로 흔적을 남겼나? 나는 그것들을 체계적으로 없애지 못한 것을 후회했다. 발소리가 점점 다가왔다. 생각하는 것이 점점 더 어려워졌다. 내 몸은 무기력해졌고 근육들은 지탱하지 못하고 축축 쳐졌다. 힘이 하나도 없었다. 죽음의 임박함은 나에게 싸울 힘을 주기는커녕 오히려 반대였다. 나는

이미 다른 상태로 건너가 나 자신의 죽음을 마주하지 않아도
되길 바랐다. 절망적인 상황에서 희생자들은 기력을 상실하고
스스로 무너진다. 나는 무너지지 않으려고 애썼다. 심장은 견
딜 수 없이 요동쳤고 나는 거의 기절할 뻔했다. 더듬거리며 내
가 만들었던 무기들을 찾았지만 손이 벌벌 떨렸고 스스로 방
어할 수 있을지 확신하지 못했다. 그들은 몇 명인가? 나는 들리
는 소리와 냄새에만 집중하려고 애썼다. 열이 곧장 다시 올랐
다. 나는 그들이 다가오기를 기다리고 기다렸지만, 그들은 오
지 않았다. 발소리가 점점 멀어지고, 바닥 위에서 무엇인가가
질질 끌려가는 듯한 소리가 들리다가 나중에는 아무 소리도
들리지 않았다.

며칠이, 내 생각엔 이틀이나 사흘 정도가 지났다. 무기를 손
에 든 채로 먹지도 마시지도 않고 그곳에 머물렀다. 아마 가끔
졸았을 것이다. 나는 오후의 한가운데서 정신을 차렸는데 공기
가 희박해진 은신처가 갑자기 엄청나게 더워졌기 때문이었다.
뚜껑 문을 열고 가능한 나갈 수 있는 대로 나갔다. 한낮의 찬
란한 빛에 눈이 부셔 아무것도 볼 수가 없었고 사지가 뻣뻣하
게 굳어 아팠다. 누가 나를 발견할 수도 있다고는 생각하지 못
한 채 출입문 쪽으로 몸을 이끌었다. 다시 한번 눈을 떴을 때,
나는 시력이 나빠졌다는 것을 바로 알아챌 수 있었다. 그래도
아직 보이기는 했고 그것만이 중요했다. 나는 볼 수 있었고, 들

을 수 있었고, 냄새도 맡을 수 있었다. 내 앞의 들판은 다 타버린 채 사막 같은 단조로운 회색빛의 거대한 평지로 변해 있었다. 지평선 너머로 강렬한 빛이 보였고, 나는 그쪽으로 향하리라 결심했다.

몇몇 신경과학자는 임사체험이 뇌에서 사망 순간에 나타나는 충격에 의한 것이라고 설명한다. 미시간 대학의 연구원들은 실험용 쥐의 뇌에서 심장이 멈춘 후 예외적인 산화가 뒤따른다는 내용의 논문을 발표했다. 심장박동이 정지했음에도 뇌는 아주 짧은 시간, 대략 삼십 초 동안 기능하고 그 사이 놀랍고도 극단적인 규모로 신경계와의 상호작용이 증가한다. 이 연구 결과를 인간의 뇌에 적용해보면 아마도 자주 나타나는 심상인 터널과 하얀빛의 구조에 대해서도 설명할 수 있을 것이다. 그러나 이 이미지들이 다양한 모습을 띠는 이유는 아직 찾지 못했다. 그들이 보는 것은 똑같은 것이 아니었고, 변화 불가능한 것도 아니었다. 어떤 환자들은 터널 안을 걷는 대신에, 구멍 안에서 몸을 웅크린 채 부동의 자세로 저 아래로 끝없이 떨어지는 느낌을 받았다. 그런가 하면 어떤 환자들은 혼자가 아니라 다른 하나 혹은 여러 형체와 함께 있었고, 그들은 대부분 무슨 말인가를 귓속에 속삭였다고 한다. 이러한 각각의 체험은 아마도 환자 생전의 삶이 그의 머릿속 다른 부분들에 남긴 개인적인 자취의 결과일 것이다. 혹은 그들이 그 일을 겪기 전에 임사체험에 관해 들었거나 읽은 이야기 때문일 수도 있는데, 그 이야기들은 전해지고 반복되고 변경되고 해석되면서 그들의 머릿속에 슬그머니 침투하기에 이르고, 사전에 미래의 삶에 대한 일화를 바꾸기도 한다.

스무째 날. 계산해보니 그쯤 되었을 거라고 생각했고 떠나기 위한 준비를 했다. 나는 종일 움직였고 식량을 찾아다녔고 몇 벌의 옷을 비롯해 가장 필요한 것을 챙겼다. 그날 안으로 가져갈 것들과 뒤에 내려놓을 것들을 결정해야 했다. 선택하는 것은 힘들었다. 그것은 미래에 대해, 다음에 무슨 일이 일어날 것인지에 대해 생각하도록 강요했다. 이 다음은 앞을 향한 영원한 도주, 즉 숨고 위험한 만남을 피하고 다시 숨는 날들의 연속과도 같았다. 어디로 가기 위해? 무엇을 하려고? 무엇이 되려고? 떠나는 것은 아무런 의미도 없었다. 이곳에 남는 것도 아무런 의미가 없는 것은 마찬가지였다. 그렇지만 죽어야만 한다면 걸으면서, 길 위에서 죽는 편이 차라리 나았다.

스무째 날의 끝 무렵, 해가 지기 전에 나는 가져가지 않을 모든 물건을 태웠다. 어둑해졌을 땐 타고 남은 재를 흩뿌리고 타지 않은 것들은 땅에 묻었다. 나는 이곳에서의 마지막 밤을 위해, 그녀를 길에다 버리고 온 지 이십 일이 지난 이 밤을 위해 은신처로 돌아갔다. 잠이 쉽게 오지 않았다. 나는 그동안 무슨 일이 있었는지 하나하나 다시 생각했다. 심지어는 그녀 몸의 상태를, 그녀의 목, 뒷덜미, 팔, 숨결을 상상하려고도 했다. 그러다 이내 내가 살아남는 방법과 의지를 갖추고 싶다면 그것들마저도 잊어버려야 한다는 것을 이해했다.

스물한 번째 날, 마을의 마지막 집들로부터 몇 킬로미터 떨어진 곳에서 예전의 오솔길을 발견했다. 그 길로 갈 것인지를 고민했고 발자국을 찾아 땅을 살펴봤지만 아무런 자국도, 어떠한 흔적도 발견할 수 없었기에 철길을 떠나 그 길을 따라가기로 했다. 나는 이 풍경 속에서 길을 잃으리라 생각했는데, 그에 대해 생각하는 것과 나는 이 풍경 속에서 길을 잃을 것이다, 라고 말하는 것은 나를 웃게 했다. 오솔길은 점점 좁아지며 험준해지는 계곡을 따라 이어졌고, 나는 내 정면의 급사면으로 내 목소리가 울려 퍼지는 것을 듣고 깜짝 놀랐다가 이내 그 메아리에 익숙해졌다. 그것은 몇 시간 동안이나 나의 동반자가 돼주었고, 나는 활기를 되찾았고, 걷는데 거의 즐거움을 느끼기까지 했고, 자유롭다는 기분이 들었는데, 이 즐거움과 자유를 끝내기 위해 나는 과거를 생각하려고 애썼다. 과거는 다시 찾아왔고, 슬픔이 불쑥 솟아올랐고, 나는 안심했다.

깊은 코마 상태에 빠진 환자들에게 다다르기는 어렵다. 우리는 그들이 정확히 무엇을 느끼는지 알 수 없다. 그들이 추위와 더위, 혹은 온갖 종류의 터널을 통과하면서 건조해지고 경련이 일어나는 혀의 고통을 느끼는 것은 가능하다. 토니 R.은 그의 긴 부재 동안 샘물에 가닿기 위해 아주 높은 산을 오르는 꿈을 꿨다고 말한다. 그는 가파른 경사를 따라 올라가서 약간의 물을 발견했고, 그 물을 마셨을 때 달콤하면서도 혼란스러운 느낌을 받았는데, 목마름이 채워지지 않고 계속되었기 때문이다. 그는 입술을 통해 그 귀중한 액체를 맛볼 때마다 마신다는 것에 대한 기쁨을 생각했고, 살아있다는 것에 행복해했고, 물은 그렇게 그의 목구멍으로 바로 흘러들어갔다. 꿈속에서 이 느낌은 아주 기분 좋은 것처럼 느껴졌다. 하지만 이 경험은 이내 중단되었는데, 그는 또 다른 샘물을 찾아가야 했고, 다른 샘물에서 물을 마시고 나서는 또 다른 곳으로 떠나야 했다. 물은 항상 충분하지 않았다. 그는 물을 찾아 샘물에서 샘물로 이동했고, 산을 올랐다. 그리고 정상에 올랐을 때야 비로소 그는 물이 계속 부족하고, 그 희귀 현상이 반복된다는 것을 깨달았다. 어려운 상황이었지만 잘 참아내야 했다. 토니 R.은 물을 마시거나, 물을 마시러 가거나, 물을 마시고 싶어 하거나, 마실 물이 충분히 없는 꿈을 꿨다. 결국 그가 꿈이라고 부른 것은 현실과 그렇게 다르지 않았다. 무의식 상태로 누워 있는 토니 R.은 그저 목이 말랐던 것이다.

스물셋째 날이 돼서야 나는 고원에 사람들이 있다는 것을 깨달았다. 무리였다. 도망자인지, 순찰대인지, 유목민 혹은 사냥개 떼인지 알 수가 없었다. 그들의 존재는 위쪽에서, 내 머리 위쪽에서 느껴졌다. 나는 골짜기를 따라 계속 가기로 했다. 나는 협곡 안에서, 무너져내린 흙더미 사이로 걸었고, 밤에는 동굴 안으로 숨었다. 며칠 동안이나 불을 지피지 않았다. 나는 피난처를, 마실 것을, 먹을 것을, 잘 수 있는 곳을 찾는 데 시간을 보냈다. 다른 모든 것들은 사라지는 중이었고, 나는 그것들을 붙잡으려고 했고, 계속 말하려고 했지만 단어들과 이름들은 어두워지고 무의미해져서 이를 다시 불러오기 위해서는 노력해야만 했다.

스물여섯째 날, 이날 무슨 일이 있었던가, 스물여섯째 날에?

스물일곱째 날, 나는 기억했다. 나의 도시와 나의 출발과, 그리고 나의 지친 동행인과 그리고.

임사체험을 한 환자들은 삶과 죽음이라는 경계의 절정에서 자신의 몸을 빠져나가 마치 그 위에 있는 것처럼, 외부에서 자신의 몸을 봤다고 말한다. 그들은 병원 침대에서 잠들어 있는 것처럼 눈을 감고 누워 있는 자신의 모습을 봤다. 그중 몇몇은 장기 절개를 위해 의사가 수술 도구를 손에 들고 있는 것까지 보기도 했는데, 그들은 어떠한 고통이나 아픔도 느끼지 않고 부분적으로 잘려 나간 자신의 몸을 알아보았다. 그들은 스스로 거리를 두고 의식을 간직한 채 자신의 육체적 껍질에서 빠져나왔다. 어떤 심리학자들은 이 육체 분리 현상이 죽음의 위험에 대한 반응이라는 가설을 내놓았다. 자아는 두 개의 분할된 개체가 돼서, 그중 하나는 자신을 경계태세로 유지하고, 다른 하나는 자신을 타자화시킨다. 외부에서 자신의 몸을 관찰하는 것, 그리고 그 몸이 마치 다른 사람의 것인 양 바라보는 것, 그것은 인간 영혼이 너무나 고통스러운 사건으로부터 정신적으로 육체적으로 자신을 보호하려는 메커니즘에 상응한다.

서른 번째 날, 골짜기는 더욱더 좁아졌고 길을 계속 가는 것은 점점 더 힘들어졌다. 그들이 나를 잡을 수 있도록 고원으로 다시 올라가고 싶었다. 나는 내 몸에 무감각해지고 싶었고, 내가 내 몸을 무시하고 그로부터 자유로웠으면 좋겠다고 생각했다. 스스로 목숨을 끊을까도 생각해봤다. 하지만 죽는다는 것은 그렇게 간단한 일만은 아니었다. 나에게는 손목을 그을 만한 것이 있긴 했다. 나는 손목을 긋지 않았다. 나는 계속 갔다.

서른둘째 날, 예전의 이미지들이 머릿속에서 소용돌이치기 시작했다. 쫓아내려고 애썼지만 그것들은 나를 좀처럼 가만히 내버려두지 않았다. 나는 고원으로 올라가지 않고 골짜기 깊은 곳에 머문다. 나는 종국의 날을 미루고 또 미루고, 나는 기억들이 미래로부터 나를 보호해줄 것이라는 믿음이 있고, 그것들을 되새기고 반복하고 나의 주의를 분산시키기 위해 필요한 만큼 그것들을 과장하고, 그것들은 나를 지배한다.

임사체험 중에 나타나는 육체 이탈에 대한 느낌은 심리학자들이 제출한 논문을 어떤 의미에서 강화하고 승인하며 보완하는 신경생물학적 과정에 의해 설명될 수 있다. 뇌는 화학적인 이상 현상(산소 제한이나 엔도르핀, 도파민 혹은 세로토닌의 과도한 생성)이 나타나는 순간부터 자신을 방어하기 위해 새로운 현상을 제지하도록 설계된 억제의 메커니즘을 작동시키면서 반응한다. 하지만 뇌가 이처럼 자신을 유지하고 보존하려는 상황에까지 도달하면, 이 억제의 메커니즘으로 인한 다양한 부차적 현상이 초래된다. 환영과 자가복제(자신으로부터의 이탈)의 경험은 우측 측두엽이 유지와 생존을 위한 교환으로서 받아들이는 기능장애다. 뇌가 스스로 유지하는 데 성공하기 위해서는 대가와 균형의 복잡한 시스템에 의해 조정된 특정한 희생을 감수해야 한다.

나는 얼마나 날짜가 지났는지 더는 셀 수 없는데 아마도 서른셋째 날일 것이다. 서른셋째 날 나는 그들이 나를 기다리고 있는 고원으로 올라가야 할 것이고, 저 위에서 그들은 나를 죽이려들 것이고, 나는 달리고 소리 지를 뿐 죽일 힘은 없을 것이다. 그러나 이곳에서는 끝나기 전에 내가 겪은 모든 일을 마지막으로 재구성할 수 있다. 나는 길가에 그녀를 버렸다. 그녀는 아무 말도 하지 않았고, 반발하지 않았고, 어떠한 신호도 보내지 않았다. 그것은 다시 찾아온다, 서른셋째 날, 그녀의 눈에 어린 두려움이 보인다. 서른셋째 날, 그녀의 눈에 어린 두려움을 기억한다. 서른셋째 날, 그녀의 두려움은 공포로 변하고, 그녀는 아무 말도 하지 않지만, 그녀의 눈이 입을 대신해 말하고 있다. 서른다섯째 날, 나는 상상속에서조차 그녀의 눈을 감겨 줄 수 없다. 서른다섯째 날, 그녀는 두려워하고, 나 역시 그렇다. 나는 나에게로 고정된 그녀의 시선에 대한 이미지를 간직한 채 죽는 것이 무섭다. 서른여섯째 날, 나는 이 이미지를 지워내고 싶지만, 그것은 고집스럽게 저항한다. 서른여섯째 날, 나는 눈을 뜬 채로 죽고 싶지 않다.

뇌에 혈액 공급이 충분하지 않을 때 나타나는 무의식의 순간인 임상 죽음은 임사체험에 도움을 준다. 이러한 경험의 심도와 특성은 스스로 환영의 강도를 평가하는 환자들의 이야기에 기반한 지수와 단계를 통해 측정될 수 있다. 이 환자들이 어두운 곳으로 들어갔고, 차분한 느낌이 들었고, 자신의 몸과 분리되었고, 목소리를 들었고, 자신의 삶이 빠른 속도로 전개되는 것을 보았고, 빛이 그들을 감쌌고, 그들이 그 안으로 들어가서 결국 영혼을 만났다면, 그들은 매우 높은 점수를 얻는다. 그들의 죽음은 특히나 강렬했다고 평가할 수 있다. 만약 잠이 많고 꿈을 자주 꾸는 사람을 조사한다면, 그들이 밤 동안 죽은 친지들과 만났던 것 역시도 매우 좋은 점수를 얻을 수 있는 요인일 것이다.

서른일곱째 날, 나는 고원으로 올라가지 않았다. 골짜기는 너무나 좁아져서 앞으로 나아가는 것이 불가능했다. 그 위의 땅에서는 부족들이 돌아다니고 있었다. 나는 꼼짝없이 갇혔다. 나는 종국의 날을 미루고 또 미루고, 저 위에서 나를 기다리고 있는 모든 적에 대한 생각을 쫓아버리기 위해 내가 겪은 상실의 강도가 충분하기를 바라면서 같은 장소에 웅크려 있고, 다음에 일어날 일로부터 나를 보호하기 위해 기억을 이용하고 되새기고 반복하고, 나의 주의를 분산시키기 위해 필요한 만큼 기억을 과장한다. 나는 끝에 다다른다. 과거는 나를 지배한다.

매우 극소수인 데다, 심폐 소생 상태의 환자 중 6퍼센트 미만에서만 나타나는 확인된 임사체험의 케이스를 믿는다면, 죽은 자들은 실제로 다른 편에서 기다리고 있다. 우리가 터널 안을 걷는 순간부터 그들이 보이고 스쳐 가고 가끔은 그들과 대화도 할 수 있다. 이들의 증언은 이러한 재회로부터 야기된 기쁨이 거부의 반응, 불안이나 상실의 감정에 의해 완화된다는 것을 보여준다. 한때 그들이 사랑했던 이들을 다시 만나기 위해 치러야 하는 대가를 또렷이 자각하지 않더라도, 몇몇 환자들은 죽음으로 인해 자신과 가까웠던 죽은 사람의 존재에 항시 노출될 위험이 있다는 것을 깨닫고, 깨어나고 싶다는 저항할 수 없는 욕구를 갑작스럽게 느낄 수도 있다.

서른여덟째 날, 나는 끝에, 종점에 다다랐다는 느낌이 든다. 나는 끝에 도달했고 은신처의 입구에 앉아서 불을 피우고 아무런 생각 없이 불꽃이 튀는 것을 바라본다. 불은 짐승들을 유인한다. 짐승들이 가까이 다가온다. 어둠 속에서 그들의 눈이 반짝인다. 어디서 나타난 것인지는 모르지만 어쨌든 그들은 여기 있다. 불길이 수직으로 치솟고, 나는 밤새 불을 지필 만큼 장작이 충분하지 않다는 것을 알고 있고, 짐승은 여럿이고, 점점 수를 불려가고, 나는 그들에게 말하고, 나를 둘러싼 자그마한 모닥불을 내 것으로 만들려고 노력한다. 나는 그들에게 내 이름을 말하고, 나는 내 이름이 아주 멀리서 왔다는 것을 깨닫고, 나는 그들에게 내가 어디서 왔는지 말하고, 나는 내가 아주 멀리서 왔다는 것을 깨닫고, 나는 그들에게 내 도시, 내 무리에 대해, 그리고 내가 동행인을 떠났고, 그녀를 버렸는데 그래서는 안 되었다고 말한다. 어둠 속에서 그들의 눈은 웃고, 그들의 주둥이는 열린다. 지금 나는 그녀 없이 죽을 것이다, 라고 말한다. 그들의 눈이 강렬하게 빛나고, 잔인하고도 예리한 무엇인가가 나를 아프게 한다. 나는 그들이 미소짓는 것을 본다. 나는 짐승들이 이렇게 미소 지을 수 있다는 것을 몰랐는데, 그 모습은 끔찍하다. 나는 더는 죽는 것이 두렵지 않다, 더 이상은, 이라고 말한다. 나에게서 물러나, 나는 말한다. 그리고 밤이 새는 동안 나는 거짓말을 계속한다.

비비안 R.은 잠들어서는 안 된다는 꿈을 꾼다. 잠이란 무슨 일이 있어도 대항해서 싸워야 하는 병이자 끝의 증상이라는 꿈을. 그녀는 자신과 가까운 사람들이 잠에 굴복하지 않도록 유심히 살피고 곁에 머물면서 눈을 감는 행위의 억누를 수 없는 유혹에 함께 저항하기 위해 그들에게 말을 건다. 그녀는 수면이 정보를 지운다고, 잠에서 깨어나면서 이전 삶의 기억을 모두 잃어버린 사람들이 있다고 들은 적이 있다. 그녀는 잠에 저항한다. 그녀의 저항력은 약해진다. 그녀는 자기 배우자가 잠들기 일보 직전이라는 것을 발견한다. 그녀는 배우자가 깨어날 때 주변 장식이 어렴풋한 기억을 일깨우길 소망하며 침실에 가서 편안하게 누우라고 말한다. 그리고 그녀의 존재에 관한 신호들, 사진들, 주고받은 서신에서 둘의 관계를 알아챌 수 있을 만한 문장들을 주변에 놔둔다. 그녀는 최악의 상황을 피하고자 주위를 밤낮으로 감시한다. 하지만 자고 싶은 욕망에 저항하는 것은 불가능하다. 누구나 다 잠이 들고, 누구나 다 꿈을 꾸고, 누구나 다 잊는다.

서른아홉째 날, 짐승들은 사라졌고 나는 아직 살아있는데, 적어도 나는 그렇게 믿는다. 나는 하늘과 절벽의 가장자리를 관찰했고, 깊은 골짜기를 떠나기 전에 하루를 더 기다리기로 했다.

마흔 번째 날, 나는 고원으로 올라갈 것이고, 밤이 오기를 기다릴 것이며, 마른 흙을 몸에 바를 것이고, 이는 내 체취를 없앨 것이다. 마흔 번째 날, 나는 떠나고, 나는 동풍을 타고, 진흙을 몸에 바르고, 네 발로 나아가다가, 내가 노출될 때면 규칙적으로 뛰는데, 오래 버티기 위해서 속도를 크게 내지는 않는다. 나는 오래 버틴다. 가끔은 바위 뒤에, 풍경 한가운데 거대한 덩어리로 놓여 있는 사암 뒤에 멈춰서 숨을 고른 다음 다시 떠난다. 밤은 까맣다. 부족의 존재가 만져질 것만 같다. 멀리 그들이 들린다. 울부짖는 소리가 들린다. 짧은 풀. 건조하고 차가운 바람. 그들이 다가온다. 이번에는 그들이 보인다. 나는 더 빨리 뛴다. 숨이 차오른다. 원이 작아진다. 그들이 더 가까워졌다. 왼쪽으로 난 지평선으로는 보초들이 감시 중이다. 그들은 전쟁터의 감시병들처럼 치밀하고, 구별되지 않으며, 서로서로 붙어서 밀집되어 있다. 이들을 가로지르기란 불가능할 것이다. 그들 중 한 명이 무리에서 떨어져나온다. 그는 입을 벌린 채 내 방향으로 빠르게 걸어온다. 그의 눈이 나를 뚫어져라 쳐다본다. 다른 이들도 나란히, 분산된 채로 들판 위에 있다. 나는 그들의 체취가, 거의 숨결까지도 느껴지기 시작한다. 내가 그들의 두목을 알아보고 그에게 접근한다면 무리는 나를 짓밟지 못할 것이다. 나는 그에게 서비스를 제안할 것이다. 혹은 그를 죽이거나. 나는 그의 등에 올라타 칼을 박아넣을 것이다. 무리 안에서 그를 알아보는 것이 중요하다. 보통 두목은 뒤쪽에 머물면서 관찰한다. 그는 그곳에서 잠재적인 적들의 소행과 집단의 움직임을 보고받는다. 그는 부하들의 용기를 북돋고 그들에게 명령하고, 흥분에 들뜬 무리는 그를 숨긴다.

나를 둘러싼 원이 계속해서 좁혀지고 또 좁혀진다. 그들이 나를 건드리기 전에 지금 내가 죽을 수만 있다면, 내가 땅속으로 파묻힐 수만 있다면, 이것은 해방일 것이다.

엘사 V.는 깊은 수면 상태로 몇 시간, 몇 주, 몇 달 동안 누워 있을 때도 주변에 대한 의식을 완전히 잃어버리지 않았다. 삶은 불규칙적이고 느리고 부드럽고 희미한 모험이 되었고, 다른 몸들이 그녀를 스치고 건드리고 뒤집고 씻기고 주사를 놓고 찌르는데, 그녀는 꿈과 현실을 구분할 수 없고, 무엇이 되었든 이 구별은 아무런 의미도 없고, 그녀는 예전에 생각으로 했던 것처럼, 한 사물에서 다른 사물로, 한 시간에서 다른 시간으로, 한 장소에서 다른 장소로 옮겨갈 수 없는데, 무엇이 되었든 이러한 이동은 아무런 의미도 없고, 상상 혹은 현실의 여정, 유사성, 교류, 관계, 조직망 등 세상과 그녀를 연결하던 모든 것이 해체되었지만 이는 중요하지 않고, 그녀는 가볍고 초연하고 유연하고, 희미하면서 노곤하고, 불안정하면서 유령 같고, 잡을 수 없다.

그들이 나를 잡을 것이고 가둘 것이고 뒤흔들 것이고 때릴 것이고 고문하거나 혹은 감시할 텐데, 나는 더는 싸우고 도망가고 저항할 힘이 없고, 나는 너무 피곤하고, 나는 포기하고, 포기할 것이고, 포기할 것으로 생각하고, 나는 내 몸을 떠날 것이고, 나 자신에게서 분리될 것이고, 끈질기게 반복되는 숫자들의 울림이 나머지 모든 것을 삼켜버릴 때까지 그녀로부터 나를 갈라놓은 날짜를 셀 것이다.

보초가 내게서 몇 미터 떨어진 곳에 있는데 나는 기절하지도, 땅에 처박히지도 않아서 다른 방법을 시도하기로 한다. 나는 내 윤곽을 지우고, 희미해지고, 안개가 끼고 달도 뜨지 않은 밤의 덕을 보고, 나는 용해되고 부드러워져서, 나를 열고 흩어지고, 나는 유령이 되고, 나는 빈 껍데기이고, 나는 보초에게 미소를 짓고, 보초를 맞이하고, 보초는 조금 놀라서 다른 이들에게로 돌아가고, 나처럼 잡히지 않으면서도 잘 맞이하는 존재를 어떻게 대할 것인가, 나는 보초 안으로 들어가기 위해 이 기회를 이용하는데, 적어도 보초가 내 안으로 들어온 것이 아니라면 말이다, 잘 모르겠다, 나는 순간적으로 보초의 몸을 빌리고, 보초의 몸은 역겹지만 나는 최대한 늦게 나갈 것이고, 나는 내부에 웅크리고 있고, 보초가 갑작스럽게 움직이고, 나를 제거하려고 나를 뽑아내버리려고 시도하지만, 나는 그에게 기생하고, 그를 채우고, 삼키고, 그에게 내 생각을 전가함으로써 이를 지워버리고, 나는 죄책감, 길 위에 버려진 나의 동행인, 나 자신의 비겁함, 나의 도주와 의심으로부터 해방되고, 내가 더는 나 자신을 닮지 않았다는 사실은 매우 위안이 되고, 아무 일도 없었다는 듯이 부족에게 섞이는 일은 매우 편안하고 기분이 좋다. 나는 야행성이 되고 냉혹해진다.

나의 부재 동안 일들은 계속된다. 나는 여기서 무엇을, 왜 하고 있는지에 대한 생각을 멈춘다. 이해하기를 멈춘다. 자신을 투영하는 것을 멈춘다. 나는 보초 안으로 몸을 피한다. 가끔 보초는 저항하는데 내가 그를 아프게 하는 것 같다. 나는 그를 상하게 한다. 조금씩 갉아먹는다. 천천히 빤다. 쇠약하게 만든다. 다른 이들은 보초에게서 거리를 두고, 그를 페스트에 걸린 아픈 사람으로 취급한다. 보초는 나의 것이다. 내가 바로 보초다. 나는 이러한 공생관계를 언제까지 지속할 수 있을지, 나를 되찾기 위해 언제 다시 나타나야 할지를 모른다. 몇 주가 흐르고 쌓이는데, 이것이 바로 내가 몸을 피하고 튼튼해질 수 있는, 나를 방어하는 나만의 방법이다. 나는 부족으로부터, 보초들로부터, 짐승들과 나 자신으로부터 나를 보호한다. 나는 뒤로 돌아가지 않을 것이다. 나는 그녀를 되찾기 위해 다시 길을 따라가지 않을 것이다. 그녀와 함께 죽는 위험은 감수하지 않을 것이다. 그녀를 버린 것을 더는 후회하지 않을 것이다. 결국 나는 비난과 호출처럼 보이는 그녀의 뜬 눈을 더는 공포에 질린 채 떠올리지 않을 것이다. 내가 나갈 때쯤이면 몇 킬로미터는 지나 있을 것이다. 나는 다른 땅에 있을 것이다. 다른 얼굴, 다른 언어, 다른 벌린 입, 다른 친숙한 몸들과 함께. 미지의 것이 나를 과거로부터 영원히 해방시켜줄 것이고, 적어도 그것이 내가 바라는 것이다.

날짜의 기록과 날짜 세기는 여기서 끝난다. 외진 골짜기로의 홀로 여행과 도주가 여기서 끝이 나거나, 혹은 중단된다.

나는 이 텍스트를 다시 읽고 훑고 찾고 끊임없이 손을 대고 만지작거리고 손상시키고 지워버리지만 계속 생각이 난다. 몇 번이고 다시 생각나는 바람에 이 텍스트를 포기하지 않기로 다짐했다. 끈질기게 뇌리에서 떠나지 않는 바람에 이 텍스트를 간직하고 믿고 마지막으로 기회를 주기로 했다. 이 텍스트는 지울 수 없는 불분명한 것들, 찌꺼기, 침전물, 흔적들에 속한다. 버릴 수 없는 것들에 속한다. 이 텍스트는 나를 사로잡은 것에 대해 내가 할 수 있는 표현 중 하나다.

집에서

그들은 집에 들어올 것이다. 그때가 언제든 그것이 바로 그들이 할 일이다. 그들은 올 것이다. 철책을 밀고, 문을 열고, 들어올 것이다. 나는 그들을 기다린다. 나는 공간을 지킨다. 근처를 관찰한다. 소리를 듣는다. 감시한다. 닥칠 수도 있는 일을 유심히 살피고 이해하고 상상하는 것이 감시자의 역할이다. 나는 누구도 나에게 요구하지 않았던 이 일을 스스로 맡는다. 누군가는 보고 듣고 찾아내고 추측하고 판독해서 대비할 수 있어야 한다. 다른 이들이 그들의 활동과 일에 너무 몰입한 나머지 본질을 등한시할 동안, 나는 예고하고 경고하는 이들의 고독에 천천히 익숙해진다.

집은 감시되어야 한다. 낯선 침입을 방지하고, 장소와 건물을 그대로 유지해야 한다. 나는 그들의 귀환을 준비하기 위해 이 역할을 담당한다. 모든 것이 제자리에 있는지 확인한다. 그들이 부재했을 때 텔레비전이 켜지진 않았는지 살펴본다. 가운데가 살짝 불룩한 화면을 손가락으로 스치자 정전기가 느껴진다. 나는 소파에 누워 있던 몸이 남긴, 움푹하게 들어간 흔적을 지운다. 천을 잡아당기고, 소파 덮개를 평평하게 펴고, 베개와 쿠션을 원래 모양대로 부풀린다. 그들은 돌아올 것이고 모든 것은 똑같을 것이다. 그들은 그대로 보존되어 있고 원래와 다르지 않으며 평온하고 고요한 자신의 거처로 돌아오게 되어 안도할 것이다.

어느 날 자클린 S.는 죽었다. 어느 날인지 확실히는 모르고 그저 1976년 봄이었다는 것만 알 뿐이다. 그녀가 서른 살이 되고 얼마 지나지 않았을 때였다. 그날, 그녀가 말을 타고 긴 산책에서 돌아오던 중 바닥에 발을 내딛으려는 순간, 타고 있던 말이 갑작스럽게 뒷발질을 했고, 자클린의 몸은 뒤집혀 바닥에 떨어지고 말았다. 이후 몇 주 동안 그녀는 코마 상태에 빠졌고 그러다 어느 순간에, 그녀가 완벽하게 기억한다고 말하는 그 순간에, 의사들이 그녀의 사망을 선고했다. 그들은 그녀의 면전에 대고 심장박동 정지, 라고 말했고 산 자와 죽은 자를 구별하기 위해서 보통 그렇게 하는 것처럼 그녀의 몸을 하얀색 수의로 덮었다.

나의 임무는 임박한 재난의 전조가 될 수 있는 구체적인 무질서를 방지하고 그것을 바로잡는 것이다. 미세한 이동, 수상한 얼룩, 누수, 정전, 균열, 어떤 것도 나의 경계에서 벗어날 수 없다. 각각의 공간이 아무 일도 없다는 듯한 분위기를 풍기고 있지만, 나는 이 집을 면밀하게 알고 있기 때문에 이러한 외양이 속임수라는 것 역시 잘 알고 있다. 내 집. 내가 태어나고 자란 곳이자, 그 안에서 오늘날 누구도 내게 맡으라고 강요한 적 없는 역할을 나 스스로 맡은 곳.

나는 거실 바닥의 타일이 진흙 자국으로 더럽혀진 것을 알아챈다. 이 얼룩을 없애야 한다. 집을 원래대로 유지하는 것은 한시도 쉴 틈이 없는 일이다. 매 순간 먼지가 들어오고, 사람 혹은 동물이 드나들고, 모터는 멈추고, 페인트는 축축해져서 벗겨진다. 집을 세상만사로부터 벗어나게 하고, 매 순간 공간의 온전함을 변질시키는 외부로부터의 접촉을 차단하는 일은 몹시 어렵고 피할 수 없다. 그것들이 없다면, 살아있는 것은 불가능하다.

긴급하게 소생실로 옮겨진 자클린 S.는 몇 번에 걸쳐 간, 심장, 폐 수술을 받는다. 피가 장기들로 퍼져 나가서 온몸에 출혈이 계속되었고 때는 너무 늦었다. 그녀를 담당한 의사는 다른 동료들과는 달리 집념을 갖고 그녀를 포기하지 않는데,

그는 다른 병원으로 몰래 혈장을 구하러 가기도 하면서 마지막 수술을 집도한다.

나는 내가 발견한 자국이 바깥에서 온 것으로 생각했었다. 나는 유리창으로 된 문을 열고 천천히 뜰로 나아갔다. 하지만 아무것도 찾을 수가 없었다. 발자국도, 눌린 잔디도 없었다. 들어온 존재가 엄청나게 가볍거나, 혹은 다른 문을 통해 집으로 들어왔거나, 그것도 아니면… 나는 마지막 가정을 받아들일 수 없다. 진흙은 바깥에서 온 것이 확실하다. 나는 외부가 집의 내부를 침입하도록 내버려두지 않을 것이다.

이 무질서의 원인이 무엇인지 결론을 내릴 동안, 나는 타일 바닥을 물로 청소한다. 어떤 특별한 능력도 필요 없는, 그저 체계만 있으면 되는 일이다. 마지막에 깨끗이 닦인 구역에 발을 내딛지 않고 거실을 뜰 수 있어야 한다. 내 발자국이 내가 지우려는 발자국을 대신하는 건 원하지 않으니까 말이다. 나는 바깥의 경계에서부터 시작해서 거실이 복도와 다른 방으로 연결되는 입구에서 끝낸다. 떠나기 전에 나의 작품을 바라본다. 바닥은 매우 반짝거려서 테라코타 타일 위로 원근법에 의해 뭉개진 내 그림자를 관찰할 수 있을 정도다.

나는 그들이 돌아왔을 때 바닥이 다 말라 있을까 생각해본다. 기다리는 동안 내가 사용할 수 있는 공간은 매우 좁아졌다. 나는 집 뒤쪽에 위치한 방에 갇혔고, 이제 정원 방향으로 난 베란다에는 갈 수 없다. 나는 그곳에서, 매일 연습한 덕분에 맨눈으로 계산할 수 있는 거리에서 이리저리 오가는 사람 혹은 무리의 동정을 살피는 습관이 있다. 하지만 이제 더는 살펴볼 수 없다.

몇 달에 걸친 재활 교육 이후, 자클린 S,는 그녀가 극복할 수 없는 새로운 두려움을 발견하게 된다. 다시 말 위에 올라타는 것, 자전거를 타는 것, 혹은 춤을 추거나 운전하는 것이 불가능하다는 두려움이다. 그녀는 몸의 새로운 사용법에 적응해야만 한다. 그녀는 추락이 결정적으로 바꿔버린 삶을 후회하지 않는 법을 배운다. 그녀는 공사장, 파괴된 장소들, 닫히거나 빈 곳들, 공허로 난 문 혹은 창문, 장례식, 임시 거처, 그리고 끝으로 바람의 비가시적인 움직임을 사진으로 찍기 시작한다.

북쪽에 위치한 방에 꼼짝없이 갇힌 나는 정원과 그 주변을 살펴볼 수 없고, 벽으로 침투할 준비가 된 은밀한 존재들을 염탐할 수 없다. 나는 소리, 숨결, 호흡에 집중해야 하고, 냄새를 통해 나를 인도해야 한다. 하지만 내 청각과 후각은 시각보다 덜 생생하고, 덜 단련되었으며, 판단의 오류에 노출되어 있다.

나뭇잎들이 바스락거리는 소리, 바람 소리, 우지끈하는 소리, 널빤지나 기둥에서 나는 소리는 나를 착각하게 만들 수 있다. 나는 분해되고 있는 부식토와 썩어가고 있는 짐승 냄새를 구분할 수 없는데, 내 코는 이러한 느낌을 구별하도록 훈련되지 않았다. 내 불완전함이 나를 불안하게 만든다. 내게는 더 이상 예전과 같은 확신이 없다.

그녀가 병원에 실려 가기 전 길었던 몇 분 동안, 전에는 알지 못했던 강렬한 고통이 자클린 S.를 덮친다. 이 고통에 대한 무지는 참으로 가혹한데, 이에 대해 그 무엇과 연관시킬 수도, 익숙해질 수도 없기 때문이다. 갑자기 이질적이고 유보된 세계 안으로 쓰러지고, 이 세계는 너무나 비현실적인 나머지, 자클린 S.는 몇 주 동안이나 그녀 자신에게서 분리된 것 같은 느낌을 받는다.

그들은 곧 돌아올 것이다. 그들은 대문을 밀고, 집 안으로 들어올 것이다. 나는 그들에게 나의 경계태세와 확신이 부족하다고, 감시인으로서의 자질이 닳고 있다고 말하지는 않을 것이다. 나는 나의 약점을 숨길 것이다. 그들은 자기 집으로 돌아와서 나와 함께 있다는 사실에 안도할 것이다. 그들은 내가 최악의 상황을, 보금자리의 변형과 변화를 면하게 했다는 것을 눈치채지 못할 것이다. 몇몇 끔찍한 영화 속 장면에서처럼 달라져서 알아보기 어려운 집에 들어올 수도 있었다는 것을 알지 못할 것이다. 그들은 집과 내가 꼼짝도 하지 않고 그들을 기다렸다고, 이는 모든 충격으로부터 그들을 보호하는 데 충분하다고 생각할 것이다.

나는 그들이 잘못 생각하고 있다는 걸 알려주지 않을 것이다. 그들에게 소리, 진흙 자국 그리고 그 밖의 것들에 대해 말하지도 않을 것이다. 그들은 밖으로 찾으러 갔던, 내가 기다렸던 나쁜 소식을 전해줄 것이다. 그들은 쇠약해져 있을 것이다. 나는 한마디도 하지 않고 그들이 슬픔에 전념할 수 있도록 내버려둘 것이다. 그들은 내 집이기도 한 그들의 집에서 쉬는 데 필요한 것들을 찾을 것이고, 그들의 고통이 가구, 옷장 그리고 세면대까지 덮치지 않는 선에서 피어나도록 내버려둘 만한 것을 찾을 것이다. 그들 곁에 있는 물건들이 그들의 존재 안에서, 절대 부서지지 않는 시간의 연속성 안에서 그들을 위로할 것이다. 그들은 자기들의 집이자 내 집, 우리 집, 우리의 공동 및 내부 공간에 머물 것이다.

이것이 어쨌든 내가 생각하는 다음에 일어날 일이고, 불안을 밀쳐내기 위해 스스로에게 들려주는 이야기다. 하지만 나는 집이 아무리 잘 유지되고 이전과 완벽히 똑같을지라도, 그들과 나의 슬픔을 쫓아내기엔 충분치 않을 것이라고 짐작한다. 그들은 전화 한 통을 받은 후 옷을 입었고, 내 볼에 입을 맞췄고, 다 괜찮을 것이라고, 곧 다시 돌아오겠다고 말하고는 떠났다. 나에게는 이의를 제기할 시간이 없었다. 나는 그들이 왜 나를 데려가지 않았는지 이해할 수가 없다. 셋이 함께라면, 저 바깥에서, 우리 집이 아닌 다른 곳에서 전해주는 소식을 견디는 것이 더 간단하고 쉬웠을 것이다. 그들이 내가 죽은 사람을 보기에는 너무 어리다고 주장하더라도, 나는 봐야만 하는 것을 그들과 함께 볼 수 있었을 것이다. 우리는 셋이서 함께 슬픔을 나눌 수 있었을 것이다.

만약 그들이 나 혼자 이곳에 머무는 것을 원했다면, 거기에는 그럴 만한 이유가 있을 것이다. 나는 집을 감시해야 하고, 불필요한 질문을 던지는 걸 그만둬야 한다. 하지만 이 역할을 감당하는 건 점점 더 어려워진다. 나는 감시탑 역할을 했던 거실에 더는 들어갈 수 없다. 바닥을 더럽힌 진흙 자국을 닦아내기는 했지만, 여전히 그것이 어디서부터 비롯된 것인지는 모른다. 침입자들이 이 공간을 뚫고 들어오지 않았다는 것을 내가 어떻게 확신할 수 있단 말인가. 내가 감시하는 이 공간을 어떻게 그대로 유지할 수 있을까. 이에 대해 나는 아무런 생각이 없다. 나는 급작스럽게 찾아올 무언가가 나를 놀라게 하고 꼼짝도 못 하게 할까봐 두렵다.

나는 부엌에서 시작해 뒤쪽의 방들로 연결되는 복도에서 책들이 원래대로 꽂혀 있는지 확인하려고 책장을 살펴본다. 복도는 어둡다. 나는 평소대로라면 쉽게 만져지는 전등의 스위치를 찾지 못한다. 전깃줄이 손가락에 닿을 때까지 더듬거리다가, 손으로 줄을 따라가 작고 볼록한 부분을 만져 불을 켠다. 반대쪽 벽에 그림자가 지고, 나는 그것들이 여기에 있는 물체들의 절단면과 완벽하게 상응하는지 확인한다. 거기엔 내 그림자도 있다. 내가 그것을 알아채는 데는 약간의 시간이 걸린다.

자클린 S.는 몇 주에 걸쳐 모르핀을 맞고 있고, 그녀의 의식은 깨어 있지만 아무도 이를 알아채지 못하고, 그녀는 피아니스트였던 자신의 과거에 집중하고, 연주해야 하는 악보를 생각하고, 자신의 머릿속에 있는 이 곡을 반드시 연주할 수 있도록 방법을 찾아야 하지만 악보는 뒤죽박죽이 되고, 음표들은 반항하면서 멀어지고, 이것들에 더 가까이 가려고 노력을 해보지만, 극도의 피로가 그녀를 덮치고, 음악에 대한 생각은 얕아진다. 그 대신에 온갖 괴물과 머리가 벽에서 튀어나와 낄낄거리며 그녀를 붙잡고 소리 없는 웃음을 지으며, 기분 나쁜 그림자들이 침대 머리맡에 앉아 있는데, 그들에게 이곳을 떠나라고 어떻게 말할 것인가. 그녀의 주변이 위협적으로 변하고, 악몽이 그녀를 포위하고, 이 화학적 악몽은 그녀가 동의한 적이 없고, 알지 못하는 주사를 맞은 결과이기 때문에 더욱더 끔찍하고, 이 폭발적인 칵테일은 그녀의 몸이 전에는 알지 못했지만 지금은 공포에 질려 발견하는 유기체들을 드러나게 하고 돌출시킨다.

그들은 나를 데려갔어야 했다. 왜 그들은 아직도 집에 돌아오지 않는 걸까? 혼자서 그들을 기다리는 것은 최악의 상황을 상상하도록 만든다. 밤이 오기 전에 순찰을 마치는 것이 좋을 것이다. 어둠의 겹이 방에 퍼지기 시작하면 현실과는 그다지 상관이 없는 이미지와 느낌이 나를 가로지를 것이다. 이 어두운 시간이 가장 활발하게 침입이 일어나는 때인데도, 밤은 나에게 남은 마지막 힘을 빼앗아 갈 것이다. 그러므로 해가 지기 전에 내가 이 집의 유일한 거주자인지 확인하는 것이 좋을 것이다.

복도는 일직선이 아니라 약간 바닥 쪽을 향해 기울어진 전등갓만 뺀다면 거의 똑같다. 이는 극히 사소한 것에 불과하다. 물건들은 중력에 의해 가끔 움직이고 떨어진다는 사실을 인정해야만 한다. 내 등 뒤로 거실은 조용하고 무겁고, 거실은 내 어깨와 뒷덜미를 짓누르고, 나는 그곳으로 갈 수 없기 때문에 생각조차 하지 않으려고 하지만, 진흙 자국의 풀리지 않는 수수께끼는 계속해서 머릿속을 맴돈다.

위층으로 올라가기 전에 방 두 개와 작은 욕실을 살펴봐야 한다. 낡은 옷가지, 사진, 공구, 짝이 맞지 않는 접시와 성가신 잡다한 물건을 쌓아둔 계단 밑의 넓은 골방도 있다. 이곳은 내가 들어가기 싫어하는 장소 중 하나다. 고아가 된, 소리 없는 이 불쌍한 물건들을 쌓아둔 이유가 무엇일까? 왜 어떤 방은 사용되지 않고 춥고 외롭고 영원한 맹점으로 남겨져 내부 건축의 바람직한 구성을 위협하는가?

안타깝지만 나는 순찰을 돌 때마다 매번 머릿속을 장악하는 이 질문들을 파헤칠 시간이 없다. 욕실 안의 수도꼭지에 물이 흐르고 있고, 점토질의 흙 자국 몇몇이 세면대 에나멜에 묻어 있다. 하나의 무질서가 다른 무질서로 이어지듯, 이 흙은 완벽하게 깨끗해야 할 욕실 매트의 털을 더럽힌다. 나는 이미 이런 종류의 발견을 극복한 적이 있긴 하지만, 오늘은 스스로가 약해진 것처럼 느껴지고, 더는 이것에 맞설 수가 없다. 나는 자제력을 잃기 일보 직전이다. 그들이 곧바로 돌아오지 않는다면 나는 공황 상태에 빠질 것이다.

그들은 나를 데려갔어야 한다. 그들이 전화를 받고 밤중에 너무 재빨리 나가는 바람에 나에게는 항의할 시간이 없었다. 이 끈질긴 생각이 다른 무언가에 집중하는 것을 방해한다. 지키는 사람들도 다른 사람들과 같아서 완벽하게 빈틈이 없을 수는 없다. 그들에게도 역시 한계가, 그림자가 진 곳이 있고, 그들은 대적할 자가 없는 전사가 아니고, 그들의 용기는 아주 작은 낙담에도 쪼개져버린다. 그들은 자신을 둘러싼 현실처럼 예측 불가능하고 변덕스럽고 불안정하며 무모하다.

자클린 S.는 다른 의사들의 소견에 맞서 그녀를 구할 수 있는 방법을 찾아 병원들을 헤집고 다녔던 수술의의 얼굴을 기억한다. 그녀는 또한 그가 병실에 들어왔던 날 풍기던 퉁명스러운 분위기 역시 기억한다. 그녀는 그가 지었던 무서운 표정을 기억하는데, 그런 얼굴을 한 것에 대해 그를 원망한다. 그는 의사가 환자들을 공포에 떨지 않도록 하기 위해 어떠한 상황에서도 유지해야 하는 안심시키는 표정을 짓지 않고, 환자에게 무관심한 채 그녀를 무시하고 쳐다보지도 않으며 끝났습니다, 라고 말하고, 간호사는 기계의 코드를 뽑기 시작하는데, 자클린 S.는 어떤 말도 할 수 없고, 그녀는 싸우지 않고, 저항하지 않고, 삶은 그녀 안에서 미약하게 깜빡거리고, 그녀는 그 삶을 가시화시킬 만한 힘이 없고, 기회의 순간에 마지막 신호를, 입관으로부터 그녀를 구해줄 신호를 보내려고 집중하지만, 동시에 그녀는 몸에서 빠져나와, 그녀의 아래에 벌써 거의 생기가 남아 있지 않은 자신의 시신을 본다.

나는 임무를 수행하려고 애쓰고는 있지만 내 안의 무엇인가가 굴복했다. 예전에, 우리가 넷이었을 때라면 공평하게 일을 분담해서 할 수 있었을 터라, 그들은 떠났을 것이고 우리는 남아 있었을 것이다. 우리는 둘이서 집을 지켰을 것이다. 우리는 둘이서 창문을 주의 깊게 살펴봤을 것이다. 우리는 둘이서 매트 위 발자국의 존재를 설명하기 위한 가정을 했을 것이다. 우리는 각각 다른 방들을 분배해서 조사했을 것이다. 하지만 네 번째 사람은 없고, 모든 것은 복잡해진다. 나는 혼자 행동해야 하고, 피곤하다. 이 먼지가 거실에서 발견한 자국과 연관되어 있다면 이는 누군가 들어왔다는 것을 의미한다. 내가 잘못 생각하고 있는 것이 아니라면 그들이 떠나기 전에 모든 문과 창문이 완전히 닫혔기 때문에 나는 이 누군가가 이미 이곳에 있었던 것이라고 결론을 내린다. 집 안에. 내 집 안에. 내가 그들과 공유하는 곳이자, 거주할 만한 공간이 되도록 그대로 보존해야 하는 이 집. 침입자는 여기 있다. 그는 사이에, 틈새에, 거의 보이지 않는 구멍 안에 몸을 웅크리고 있고, 나의 무지와 우리가 아직 준비되지 않았지만 벌어져버린 일들이 나머지를 담당한다. 왜 그들은 나를 데려가지 않았나?

자클린 S.의 몸에 인공호흡기가 달려 있다. 커다란 풍선처럼 부풀었다가 쪼그라드는 공기주머니가 그녀 앞에 불쑥 솟아 있다. 누군가 누르고 압박하고 미는데, 소생술 전문의 얼굴은 너무나 가까워서 그녀의 생명을 유지하고 있는 튜브들이 그의 충동을 방해하지 않는다면 그녀에게 입을 맞출 수 있을 정도다. 목소리가, 진동이, 윙윙거리는 소리와 휘파람 소리 같은 잡음이 들려온다. 의사는 분주히 움직이면서 자클린의 가슴에 그녀가 따라갈 수 없는 리듬을 새기는데 그녀가 꽤 괜찮은 피아니스트임에도 이건 너무 빠르다. 그가 주도권을 잡고, 그녀는 숨을 헐떡이고, 그들은 함께 박자에 맞춰 연주할 수 없고, 그녀는 보람 없이 애를 쓰고, 소생의는 너무 빨라서, 그녀는 그가 떠나도록 내버려둘 수밖에 없다.

계단 아래 넓은 빈 곳 입구에 드리워진 베이지색 커튼을 열었을 때 나는 오한을 느꼈다. 나는 이 공간을, 곰팡 냄새를, 고여 있는 공기의 두꺼운 질감을, 오래전부터 열을 맞춰 쌓여 있는 상자들을 좋아하지 않는다. 예전에 실수로 이 골방을 들여다본 적이 있는데, 이 방은 위층 안쪽의 다락방과 마찬가지로 나를 질색하게 했다. 하지만 아까 내가 발견한 것이 모든 상황을 바꾼다. 원하지 않는 손님들이 벽을 뚫고 들어와서 내가 충분히 뒤져보지 않은 구석의 점령을 시작하고 집을 가득 채우도록 내버려둘 수 없다. 만약 집 안에 누군가가 있다면 그는 직감적으로 가장 사용되지 않은 공간, 빛이 들어오지 않는 폐쇄된 공간, 쓸모없고 텅 빈 곳, 불행히도 우리가 훑어봐야 하거나 혹은 단순히 생각하기만 하더라도 우리 모두 죽게 되리라는 것을 상기시키는, 부정적인 에너지를 발산하는 공간을 선택해서 자리를 잡고 커질 것이다.

　머리를 숙여서 골방으로 들어갈 때 나는 너무 어두운 생각을 하지 않으려고 한다. 손전등을 안쪽 벽에 비춰본다. 이상 무. 냄새 동일. 구성 동일. 정리방식 동일. 상자들은 계단 밑에 차례대로 정렬되어 있다. 내가 항상 뒷주머니에 넣어두는 줄자로 선반의 길이를 잰다. 길이 동일. 나는 여기서 지체하고 싶은 마음이 없고 그들이 어서 돌아와 나에게 알려줘야 할 소식을 말해주고 그렇게 끝이 나면 좋겠다고 생각한다. 하지만 오른쪽 구석에 놓인 상자 중 하나가 터져 있다. 나는 가능한 한 조심스럽게 그쪽으로 다가가 떨리는 한 손으로 터진 틈을 더듬거린다. 상자는 바로 위에 놓인 다른 상자의 무게를 이기지 못해 짓눌려 있다. 따라서 그것들 각각의 자리를 바꿔야 할 것이다. 위쪽 상자는 매우 무겁다. 나는 무언가에 홀린 듯이 상자를 연다. 크기가 제각각인 컬러 혹은 흑백 사진이 나타난다. 시대들이 이어지고 겹쳐진다. 내 손전등이 렌즈 앞에 멈춰 있는 이차원의 평평하고 아득한 몸들을 자르거나 비춘다. 나는 잠깐 이 골방에 들어온 이유를, 나를 무겁게 짓누르는 위협을, 침입자의 존재 가능성을, 그리고 그들이 집으로 돌아오기 전에 그를 제거해야 할 필요성을 잊고 만다. 그들은 사진 안에 있고, 나도 마찬가지다. 나는 그들과 함께 있다. 우리는 미소 짓고 있다. 우리는 저녁을 먹고 있다. 우리는 파티를 하고 있다. 우리는 낯선 도시를 걷고 있다. 햇볕을 피하고 있다. 수영을 하고 있다. 우리는 함께다. 우리는 넷, 네 개의 그림자다. 이는 네 번째 사람이 사라지기 전의 시기다. 나는 필름이 간직하고 있는 일화나 일시적인 모험에 대한 어떠한 기억도 없다. 전등 밑에서 돌연 나타나는 낯선 세계는 너무 오래된 것이어서 비현실적이 된다. 이러한 순간은 존재한 적이 없고, 불가능하다. 이미지는 속임수이거나 만들어진 것일 수 있다. 기억처럼.

자클린 S.의 두 아이가 창문 반대편에 있는데, 그녀는 아이들을 알아보고, 아이들이 그녀를 보기 위해 이곳에 왔다는 걸 안다. 특히 둘째 아이가 엄마의 일시적인 죽음에 큰 충격을 받았는데, 그는 찬장 위에 걸린 엄마의 초상화를 보고 그녀에게 끊임없이 말하면서 시간을 보낸다. 그녀는 누워서 의식이 없는 상태로 아이들이 도착한 걸 알아채고, 아이들의 존재와 목소리, 그들을 갈라놓은 유리창에 붙은 채 엄마에게 인사를 하는 둘째의 얼굴을 떠올린다. 그녀의 감긴 눈은 아이들의 슬픔을 보고 듣고 이해하는 것을 방해하지 못한다. 자클린 S.는 그동안 그녀에게 주입된 이성에 대항해 싸우는데, 임사체험은 그녀로 하여금 설명할 수 없는 현상들을 믿게 했다. 신경과학도, 인지과학도 사람들이 그녀가 무의식 상태이고 잠든 것이라고 말하는 시간 동안 나타난 그녀의 실재적이고 명백하며 현저한 존재 문제에 대해서는 설명할 수 없다.

평소에 나는 절대로 상자들을 열어보지 않는데 그러는 데는 그럴 만한 이유가 있다. 본다는 것은 아무짝에도 쓸모가 없다. 그건 어떠한 정보도 가져다주지 못한다. 내 과거는 이미 시들었고 꺼졌고 지워졌다. 나는 과거와 분리되어 있고, 그걸 이 이미지들을 통해 깨닫는다. 이들이 보여주는 것은 아득한 것이 되었다. 이것은 사건이 우리에게 닥쳐서, 우리 관계를 느슨하게 만들기 전의 일이다. 바깥에 대한 공포가 자리를 잡기 전의 일. 그들이 서둘러 장소를 떠나면서, 혼자 세계의 냉혹함에 노출되도록 나를 내버려두기 전의 일.

자클린 S.는 더딘 임종을 가로지르는 맨정신의 번득임 안에서 어떠한 의지도 없다. 살고 싶다는 욕망, 희망, 불안 혹은 슬픔이 그녀를 떠난다. 그녀는 이제 무섭지도 않은데, 무엇보다 무얼 무서워한단 말인가. 공포를 느끼려면 다음을 상상해야 하고, 어떤 일이 일어날지 예측해야 하고, 생각해야 한다. 그러나 사람은 죽으면 생각하지 않는다. 자클린 S.는 모든 것에, 그녀의 미래, 가족, 그녀의 상태에 무관심하다. 그녀는 중립성에 대해 실험을 하고, 무겁고 사용 불가능한 자신의 몸의 절대적인 무기력함 안에서 무無로 향한 채 부동의 자세로 있다. 그녀는 뇌사 상태이고, 그 내부에서는 사고 전에 그녀에게 중요했던 것들이 어떤 자리도 차지하지 않는다. 이 상태를 벗어나면 우리는 변하고, 뒤흔들리며, 다른 것이 된다. 이러한 종류의 경험 이후에 극단적으로 변하지 않기란 매우 어려운데, 우리가 필수적이라고 생각했던 모든 것이 순간 휩쓸려 나가기 때문이다.

왜 그들은 나를 두고 떠났을까? 그들은 언제 다시 돌아올까? 무슨 일이 일어나고 있는가? 불공평하게 버림받은 사람의 정당한 분노가 나를 덮쳤으면 좋겠다. 나는 반항하고 싶고, 계산과 가정, 나를 고갈시키는 모든 활동을 포함한 생각의 끊임없는 움직임을 멈추고 싶다. 하지만 그와 동시에, 침입자를 뒤쫓는다는 것은 계략과 가정, 술책의 신속한 실행을 요구한다. 나는 효과에서 원인을, 증거에서 출처를, 증상에서 진단을 귀납적으로 처리한다. 이는 그들이 나에게 전해줄 나쁜 소식에 집중하지 않도록 한다. 그들이 늦는 이유에 관해서도. 나는 순찰을 계속할 것이다.

사람은 죽으면 생각하지 않는다. 죽으면 보지 않는다. 죽으면 말하지 않는다. 죽으면 움직이지 않는다. 죽으면 눈을 뜨지 않는다. 죽으면 신음을 내지 않는다. 다시 되돌아오지 않는다. 죽었다면, 죽은 것이다. 여기에 덧붙여야 할 다른 말은 없다. 우리는 절대적으로 묘사하기 불가능한 이 상태를 단어들로, 느낌과 행동으로 어떻게 충족시킬 수 있을지 모른다. 나는 순찰을 계속할 것이다.

나는 터진 상자와 흩어진 사진을 선반 위에 열을 맞춰 제대로 정리하지 않고 그대로 둔 채 서둘러 골방을 떠난다. 나는 침입자가 어둡고 천장이 낮은 이 구역을 점령했을 것이라고는 생각하지 않고, 그가 자신의 확장에 어떠한 장애물도 없이 펼쳐지고 피어날 수 있는 다른 곳으로 갔다고 확신한다. 전등을 구석구석 비추어보면서 잠재적인 증거를 유심히 살펴봐야 했지만, 나는 될 수 있는 한 빨리 공간을 뜨고 싶었다. 나는 순찰을 계속할 것이다.

나는 위층으로 올라간다. 이제 땅거미가 두터워져서 집은 한순간에 어둠 안에 잠겼다. 천장의 불을 켠다. 나는 내가 오류를 범했다는 것을 알지 못할 정도로 순진하지는 않다. 나는 내 뒤로 닫혀서 다시 돌아갈 수 없는 방들을 떠났다. 앞으로 나아가는 것은 필수 불가결해지고, 내 여정에 다른 선택지는 이제 존재하지 않는다. 내가 집을 탐색할수록 집은 더 좁아진다. 나는 결국 이곳에 갇히게 될까봐 두렵다.

자클린 S.는 병원 침대에 묶여 있는데, 사람들이 들어왔다가 나가고, 속삭이거나 대화를 하고, 증상에 대해 말을 덧붙이고, 진단을 하고, 그녀 앞에서 치료법을 제안하고, 몇몇은 그녀에게 말을 걸고, 꽃, 사진, 신문을 가져다주고, 밤이 되었다 낮이 되고, 네온등은 하얀색 빛을 뿜고, 기계들은 작은 진동음을 내고, 젊은 간호사가 자클린의 상태를 감시하는데 그녀는 자주, 너무 자주 온다. 자클린은 그녀의 존재를 알아 채지만, 그녀를 좋아하지 않고, 젊은 간호사는 매우 다정해 서 자클린이 자고 있을 때 그녀의 팔을 쓰다듬는데, 자클린 은 사실 자는 것이 아니고, 자클린은 그녀가 쓰다듬는 것을 원하지 않는다고 말하기 위해 노력하지만, 코마 상태는 이러 한 의지 표현을 어렵게 만들고, 눈이 감겨 있고 말할 수 없고 마비된 상태일 때 우리는 의료진의 결정에서 결코 자유롭지 않다.

나는 계단 위에서 마루와 방문 사이의 틈으로 한 줄기의 빛 을 발견한다. 내 계산과 관찰에 의하면, 이 빛은 부모방 침대 머리맡의 두 탁자 중 하나에 놓여 있는 전등에서 비롯한 것이 다. 그 이름이 가리키듯 이곳은 부모가 잠을 자는 곳이다. 이곳 은 부부방이라고도 부를 수 있다. 하지만 부부라는 말은 의문 이 들게 하는 단어다. 비밀을 품고 있고 가정을 집약한다. 이것 이 바로 내가 혼자 있을지라도 이 말을 가능한 한 쓰지 않으려 는 이유다. 가족의 테두리 안에서 가능한 한 가정은 하지 말아 야 하는데, 이는 가족이라는 것이 확실할 때, 단어와 몸짓, 일 방적인 목적에 의해 규정될 때 더 잘 작동하는 공간, 장소, 규격 이기 때문이다. 가족의 공간에서 암시와 비밀을 금지하는 것은 한결같고 안정적이고 평평한 바닥에서 각자를 뚜렷히 드러낼 수 있도록 할 것이다.

그들은 나에게 거짓말을 하지 말았어야 했다. 그들은 모든 것이 괜찮아질 것이라고 말해서는 안 됐다. 그것은 내가 그들에게 품고 있던 신뢰에 상처를 내고, 나를 약하게 만든다. 나는 보이지 않는 구역과 바닥에 숨겨진 곳을 제거하고, 계속해서 감시해야 한다. 세계를 평평하게 만들어야 한다. 불거진 것이 납작해지면 우리는 예상할 수 없는 나쁜 일에 덜 노출된다. 이 차원의 세계에서는 어떤 존재, 물건 혹은 예상하지 못한 사건이 돌발적으로 출현하는 일이 드물다.

한 젊은 간호사가 자고 있는 자클린의 팔을 쓰다듬는다. 그녀는 소생실의 기다란 하얀색 벽과 반투명한 커튼 위로 그림자 연극을 하듯, 미끄러지듯이 움직인다. 그녀는 아마도 유니폼을 입고, 간호사 모자를 쓰고, 목소리를 가졌을 것이고, 다른 사람들이 없을 때 혼자 몰래 들어온 것이 아니라면 아마도 상근 직원 중 한 명일 것이다. 눈을 감고 무의식 상태로 있는 자클린이 어떻게 이 사람의 나이를 가늠할 수 있을까, 어떻게 이 사람이 여자인 것을 알까, 그녀의 방문에 어떤 단서가 있나. 도대체 자클린의 머릿속 어디에서 자신을 쓰다듬어주고, 젊고, 동정을 표하고, 사랑스러운 간호사의 이미지가 솟아났단 말인가? 그녀는 여기 와서 맴돌고, 자클린의 침대

주변을 장악하고, 자클린의 몸을 위한 공간을 점령하고, 잠든 환자를 아끼고, 그것을 신호로 보여주고, 그녀가 총애하는 이에게 자신을 바치고, 또한 거의 무해하고 예외적인 작은 즐거움을 선사하는데, 그녀는 자클린이 이를 고통과 벌처럼 받아들인다고는 상상도 하지 못한다.

만약 방문객이 부부방을 장악한 것이라면 그는 전등을 켬으로써 서투른 오류를 범한 것이다. 적어도 내가 모르는 이유로, 그가 자신의 존재를 일부러 알리려고 한 것이 아니라면 말이다. 보통 침입자는 숨기 마련이고, 비밀스럽게 몸을 불리기 위해서는 어둠이 필요하다. 이것이 바로 그들을 제거해야 하는 필수적인 이유다. 그렇게 하지 않으면 그들은 맑고 투명한 가족의 구성을 폭발시킬 위험이 있다. 그들은 마치 눈가에, 그리고 머릿속에서 무겁게 짓누르는 집의 폐쇄된 공간들 같다. 우리는 그들에게 어떠한 임무가 주어졌는지 모르고, 그들의 삼켜진 이야기는 마치 지켜지지 못한 약속처럼 장소들을 부유한다. 그리고 말하자면 낯선 존재들은 바로 이런 공간들을 통해, 말이 없고, 이름이 없고, 냉기가 찬 곳, 망가진 요람이 천천히 썩어가고, 그것이 유리가 깨진 창문으로 불어오는 바람에 흔들리는 공간을 통해 특히 자주 침입한다.

그들은 갔다. 그들은 집을 떠났다. 나에게 모든 것이 괜찮을 것이라고 말했다. 그들은 거짓말을 하지 말았어야 했다. 그것은 내가 그들에게 품고 있던 신뢰를 갉아먹고, 나를 약하게 만든다.

왜 침대 머리맡의 전등이 켜져 있는가? 나는 소리 없이 다가가서 뛰는 심장을 부여잡고 열쇠 구멍을 통해 안을 들여다본다. 불행히도 방 안 전체가 보이지는 않는다. 이는 감옥의 감시 구멍보다 덜 효과적이어서 가운데 공간만을 제한적으로 보여줄 뿐이다. 이렇게 보이는 부분에 특별히 이상한 점은 없다. 내가 방 안으로 불법 침입해서 그곳을 수색해야 할 것이다. 그 대신에, 나는 문에서 몸을 떼고 그곳에서 조용히 멀어진다. 나는 부모방에 자리 잡은 침입자가 천천히 내 안으로 비집고 들어온다는 생각을 그대로 둔다. 나는 그의 비존재를 확인할 생각을 포기한다.

자클린 S.는 병원을 떠난 후에 수술의를 다시 보고 싶어 하지 않는다. 그는 그녀의 몸 내부를 검진하고 면밀히 관찰하고 검사해서 간의 색깔, 피의 유량, 부드럽고 흐물거리며 약간 축축한 특정 장기의 촉감을 알고 있다. 그녀는 이 일방적이고 이상한 친밀함이 불편해서, 그녀에 대한 수술의의 내밀한 지식을 지우고 싶고, 자신의 내장에 수술 장갑을 낀 손을 집어넣는 낯선 자의 열중한 듯한 이미지로부터 끊임없이 괴롭힘을 당하는 일 없이, 다시 그녀 자신의 주인이 되고 싶다. 그녀는 자기에게 이와 같은 힘을 행사하고, 자기의 완전한 의존을 실험하고, 자기의 무기력, 무감각, 절대적인 약점을 감내하고, 다른 사람들이, 자신과 제일 가까운 연인조차도 자신에 대해 가질 수 없는 이해를 가진 사람과 어떻게 관계를 유지할 수 있을지 알지 못한다.

그들은 집으로 돌아왔을 때 아마도 녹초가 되어 있을 것이다. 그들은 집이 그들을 삼켜버렸으면 하고 바랄 것이다. 그 안에서 보호받고 싶을 것이다. 그들은 나에게 나쁜 소식을 전할 것이다. 내가 그들의 아픔에 공감하고 그것을 함께 느끼기를 바랄 것이다. 하지만 나는 그 슬픔 속으로 잠길 수도, 그들을 위로할 수도 없을 것이다. 내가 설명할 수 없는 너무 많은 일이 일어나고 있다. 잠재적인 침입자의 존재가 나머지 모든 것들의 우위를 차지한다. 나에게는 절대 미뤄서는 안 되는, 해야만 하는 일이 있다. 시간이 흐르게 내버려둔다면 그들은 번성하고 번창하고 힘이 더 세지고 우리보다 수가 더 많아질 것이다. 넷이서라면 우리는 그들에게 저항할 수 있었을 테지만, 현재 우리는 셋에 불과하다. 전투는 불공평할 수도 있다.

죽음을 경험한 이후 십 년 동안, 자클린 S.는 자신을 구해줬지만 고맙다는 말도 전하지 못한 수술의를 생각한다. 감사의 마음이 그녀를 짓누르지만 그를 다시 볼 힘은 없고, 이 불균형적이고 불공평한 관계가 의심쩍게 생각되고, 그가 열리고 노출되고 떨리고 연약한 그녀의 몸에 대한 상세한 정보를 가지고 있다는 사실이 참을 수 없게 느껴진다. 그녀는 이제 자신의 것이 된 새로운 몸, 경직되고 서툰 몸, 부분적으로 반응이 이상하게 느껴지는 자신의 몸을 혼자서 느끼고 싶다. 십 년이라는 더딘 재활교육 기간 동안 그녀는 쓸데없는 후회를 되새기고 자신이 부활했던 장소에 몰래 돌아가볼까 생각하다가 이내 포기한다. 우리는 의도적으로 우리를 구해준 사람보다 우리를 공격한 사람을 더 많이 생각하는데, 이는 지극히 평범한 메커니즘이다.

나는 아이들방에서 어떤 이상한 점도 발견하지 못한다. 두 개의 침대는 각각의 이불보로 덮여 있고, 옷장 안에는 옷걸이에 걸려 완벽하게 정렬된 내 옷들이 있다. 현재 나는 혼자서 이 방을 사용하고 있고 나는 이에 익숙해졌다. 친숙한 냄새가 몇 시간 전부터 나를 덮치고 지속되었던 불안을 잠깐이나마 잠재운다. 그리고 다시 모든 것들이 생각난다. 그들이 돌아오기 전에 침입자가 어디에 있는지 찾아내야 한다. 그들은 내가 침입자를 쫓고 있을 때, 내가 칼로 촉수, 머리, 입, 얼굴, 발의 물컹한 조직을 찌르고 있을 때 돌아와서는 안 된다. 그들이 나에게 나쁜 소식을 전해주기 위해 문을 열고 들어온 순간, 네 번째 사람이 남긴 부재가 미지의 것에 의해 대체되었다고 믿어서는 안 된다. 우리 공동의 삶이, 그들과 나, 남은 셋의 삶이, 이에 달렸다.

십 년째 되던 해, 자클린 S.는 자신을 위해 약속을 잡아준 한 친구 덕분에 수술의에게 감사 인사를 전하러 가기에 이른다.

나는 마지막 방으로, 내가 제일 두려워하는 이름이 없는 방, 마치 결함 혹은 상처처럼 우리 집을 흉측하게 만드는 다락방으로 향한다. 내가 이 집에 거주하기 시작한 뒤로 아무도 이 방을 사용하지 않았다. 우리 넷이서는 위치도 안 좋고, 빛도 잘 들지 않고, 환기도 안 되고, 습하고, 어두운 이 방을 사용할 일이 없었다. 셋이서라면 그럴 일은 더 없을 것이다. 네 번째 사람이 우리를 떠났을 때, 우리는 그녀의 물건과 우리가 버릴 용기가 없던 나머지 것들을 이곳에 보관해놓았다. 그리고 문을 잠갔고 방은 영원히 닫힌 채로 있었다. 우리는 이에 대해 더는 말하지 않았고, 이 방에 있는 모든 것들은 우리가 느끼는 가책의 무게처럼 우리 안에서 가라앉았다.

나는 오른쪽으로 나 있는 욕실에서 잠깐 멈춘다. 바닥 타일에 타액 혹은 즙 같은 자국이 두껍고 살짝 끈적거리는, 비누가 섞인 두꺼운 선으로 그려져 있었다. 그 선은 샤워기 꼭지 쪽을 향해 대각선으로 올라간다. 나는 냄새를 맡고 그것을 분석하는 대신, 수건으로 흔적을 닦은 뒤 곧바로 욕조에 던져 없앤다. 그러고 나서 세면대 밑에 있는 작은 선반을 열고 그 안에 든 물건들을 에나멜 처리된 매끈한 욕조 안에 쏟는다. 수건들이 색색깔의 꽃들처럼 욕조의 눈부시도록 하얀색 위에서 펼쳐진다. 이 색들이 나를 안심시킨다. 나는 내가 남긴 흔적이 침입자의 것보다 더 강하고 더 눈에 띈다는 인상을 받는다. 나는 마치 전쟁에서 이긴 것처럼 이 공간을 떠난다. 하지만 무질서는 점점 더 우위를 차지하는 중이다.

자클린 S.에게 복귀는 힘들다. 머리카락 손실, 두피 괴저 딱지, 발 주위에 고정된 보호대, 정맥 주사 때문에 구멍이 난 팔, 몸 안에 장착된 배액관, 이식, 반복된 관 주입 때문에 갈라진 목소리, 주사, 피로는 그녀의 인격을 변화시킨다. 주변 사람들은 약해지고 장애를 갖게 된 그녀를 어떻게 대해야 할지 모른다. 그들은 그녀가 일어나거나 걸을 때, 자신의 자율성을 보여주려고 노력할 때마다 격렬하게 그녀를 말린다. 그들은 그녀가 살아 돌아온 것이 기쁘긴 하지만 그녀가 완전히 아프다면 돌보기가 훨씬 더 간단할 것이고 기준이 확실해져서 그녀의 의견을 구하지 않고도 그녀를 돌볼 수 있었을 것이다. 그녀는 그러는 대신 자신의 상태와 부딪히는 욕망을 표출한다. 자클린 S.는 반항한다. 그녀가 일어나면 누군가 그녀에게 누우라고 명령하고, 외출하면 집에 머물라고 강요하고,

지팡이 없이 돌아다니면 그것은 좋은 생각이 아니라고 설명한다. 주변 사람들과 그녀의 관계는 악화된다. 격분한 그녀는 몇 년 전부터 생각해왔지만 실행할 생각은 엄두도 내지 못한 결정을 내린다. 그녀는 새로운 삶을 시작하기 위해 직업을 버리고 남편, 아이들, 집을 떠나는데, 이 삶의 주된 목표는 보이지 않는 것들을 사진으로 찍는 것이다.

나는 나의 역할을 등한시했다. 변화는 불시에 나타났다. 이 모든 미미한 혼란이 그들과 나 사이에 겹쳐지면서 우리의 재회를 방해한다.

도로로 나 있는 북쪽 창문에 머리를 기대면, 주황색 가로등이 빈 아스팔트를 비추는 것이 보인다.

나는 유리창 너머로 그들의 귀환을, 자동차와 전조등, 타이어의 마찰음이 나타나는지 살핀다. 그들은 시동을 끌 것이고 자동차에서 내릴 것이다. 그들의 숨결이 입 앞에서 하얀색 입김을 그릴 것이고 추위는 혹독할 것이다. 바깥에서 보낸 긴 몇 시간은 그들을 약하게 만들었을 것이고, 그들은 예전과 같은 밀도를 잃었을 것이며, 마치 계단 밑의 상자에서 번식하는 것들처럼 굴곡 없고 납작한 형상이 되어 있을 것이다. 그들은 어둠 속으로 들어갈 것이고, 얼굴의 윤곽은 희미해지고 불분명해질 것이다. 나는 그들을 더는 알아보지 못할 것이고, 그들이 정말 나를 키운 사람들인지 아니면 숙주가 그들의 자리를 차지하고 그들의 옷과 습관 그리고 겉모습까지 가로챈 것인지 확신이 없을 것이고, 의심과 걱정이 내 안으로 들어와서 그들은 낯선 존재가 될 것이다.

그들은 나에게 다가올 것이고, 나를 품 안에 안을 것이고, 너의 언니가 죽었다, 우리는 시신을 확인하러 갔다, 라고 말할 것이다. 우리는 네가 보지 않기를 원했다, 라고 말할 것이다. 나는 매우 싸늘해지고 냉담해질 것이고, 나는 그들을 믿지 않을 것이고, 그들을, 그들의 선의와 슬픔을 의심할 것이고, 그들과 거리를 둘 것이다. 그들의 귀환 전에 나는 그들에게서 떨어지고 싶지 않았다. 그런데도, 그렇게 된다.

혹은 일이 다른 전개 방식을 취할 수도 있고, 나는 다른 길을 선택할 수도 있다.

나는 그들이 대문을 밀고, 진흙이 묻은 신발은 벗은 다음, 거실로 들어오는 소리를 들을 것이다. 그들은 방금 청소된 깨끗한 바닥을 볼 것이고, 나의 부재에 놀랄 것이다. 그들은 나를 부를 것이다. 나는 부름에 응답하지 않을 것이다. 나는 그들이 나에게 전해줘야 하는, 그리고 이미 내가 추측한 그 소식을 들지 않을 것이다. 나는 다락방에 혼자 갇혀 있을 것이다. 나는 중요한 순간에 그들을 떠나고 싶지 않았다. 그런데도, 그렇게 된다.

그들은 이 집에 나를 혼자 내버려두었을 때 나를 생각하지 않았다. 나는 그들의 무관심에 복수하고 싶고, 그들의 상상력의 부재에 대한 대가를 치르게 하고 싶다. 감시자들도 밤낮으로 매복해 있는 공간의 포로가 되지 않기 위해서는 다른 사람들과 마찬가지로 가끔 외부세계와 접촉이 필요하다. 그들 역시 다른 사람들과 마찬가지로 자고, 외출하고, 세상을 보고, 밖으로 나갈 필요가 있다. 나는 마치 내가 그들만큼 세상의 적대감을 잘 견딜 수 없다는 듯이 나를 원정에서 제외한 그들을 원망한다. 그들은 나를 이 절망적인 상황에 내버려둠으로써 나에게도 알 권리가 있는 소식에 접근하지 못하게 하고, 죽음 앞에서 나를 더욱 혼란스럽게 하고, 나와 바깥 사이, 나와 매우 가까운 이들의 시체 사이에 불투명한 벽을 세우는데, 나는 보기 위해서 이에 대항해 싸워야 하고, 나는 이 벽 위를, 창문 밖을 보고 싶고, 나는 세상의 구역에 침투하고 싶고, 나는 적어도 숲속과 도로 위를 걷고 싶고, 나는 바깥으로 들어가고 싶다.

자클린 S.는 집 안에서 친지들의 보호를 받으며 아픈 몸으로 머물러 있기를 거부했다. 그녀는 두려웠고 망설였지만 그런데도 자신의 과거에 등을 돌렸다. 그때부터 그녀는 관계를 끊고 도망갈 줄 아는 사람들이 지닌 특별한 자각을 가지고 삶을 거닐기 시작한다.

나는 떠나야만 할 것이다. 하지만 나에게는 바깥 문까지 갈 용기가 없다. 복도를 다시 가로질러 욕실 앞을 지나고, 스스로 고무되어 움직이는 꽃부리처럼 욕조 안에 조금씩 펼쳐지는 수건들을 알아보고, 부부방 문 밑으로 한 줌 새어 나오는 빛을 발견하고, 계단 밑에서 터진 상자와 어둠 속에서 분산된 사진들을 의식하고, 진흙 자국이 말라 있을 거실로 마침내 들어갈 용기가 없다. 혼돈이 자리를 잡았다. 나에게는 집을 원래 상태로 되돌릴 만한 힘이 없다. 내가 아무런 힘을 행사할 수 없는 것들이 존재한다. 나에게는 복도 끝에서 입을 벌리고 있는, 오래전부터 아무런 기능도 하지 않았지만 어쩌면 쓰임새를 하나 찾았을지도 모르는, 저항할 수 없는 향기를 발산하는, 이 크게 벌려진 입안으로 내 몸을 던지는 것 외에는 다른 해결책이 없는 듯하다. 나는 이 다락방, 그것이 품은 비밀, 그것이 발산하는 파형과 진동에 현혹된 채 복도 안쪽으로 준엄하게 다가간다. 이 검은 구멍의 밀도, 무게, 자기력은 엄청나서 모든 것을 삼켜버릴 것만 같다. 나는 이에 저항할 수 없을 것이다.

자클린 S.는 다시 태어난 이후에 모르는 사람들의 영구차를 따라다니고, 무명의 장례식에 참석하려고 아침 일찍 일어나고, 아무도 알아보지 않을 뿐더러 자주 마주칠 일도 없고, 누구도 장례를 치르기 위해 시신을 가져가려고 하지 않는, 이름조차 확실하지 않은 길거리에서 죽은 사람들에게 시간을 할애하고, 또한 종교적인 의식, 파괴되어 가는 공사장, 임시 거처의 공간들, 소생실, 장례식, 영안실, 폐쇄되거나 낡은 감옥, 토템으로서의 나무들, 정물로서의 과일들, 그리고 하늘에서 보이지 않는 바람의 움직임에 이르기까지 사진으로 찍는다.

나는 이 집이 그대로이길, 그들이 그대로이길, 나도 마찬가지로 그대로이길 바랐을 것이다. 나는 그들을 맞이하고 그들의 상실을 위로하고 싶었을 것이고, 내 차례가 되면 그들이 나를 위로해주기를 바랐을 것이다. 나는 어둠 속에서 그들의 자동차 불빛이 나무 사이로 너울거리는 길을 트는 걸 알아보고, 처음에는 멀리서 그러다 점점 가까워지는 엔진 소리를 듣고, 빛다발은 간헐적으로 어둠의 두께를 가로지르고, 북쪽 창문은 빛이 사라지기 전에 몇 초 동안 강렬하게 빛나고, 나뭇잎과 작은 동물들이 불쑥 나타나고, 그들은 오는 중이고, 그들은 도착하고, 외투를 입은 채 주차할 것이고, 자동차 문을 열 것이고, 그들의 숨결과 난방장치가 만들어놓은 따뜻한 공간에서 나올 것이고, 그들이 나타날 것이고, 살을 엘 것 같은 차가운 공기를 들이마실 것이고, 목을 가다듬거나 작은 목소리로 몇 마디를 속삭이며 그들의 존재를 알릴 것이고, 나를 찾을 것이고, 그들은 아마도 두려움 혹은 조바심, 안도감 혹은 고통을 느끼며, 너의 언니가 길에서 죽었다, 우리는 시신을 확인하러 갔다, 라고 나에게 말하기 위해 들어올 것이다. 하지만 나는 그곳에 없을 것이다. 나는 그들을 피하고 능가하고 그들의 허를 찌르기 위해, 그들이 나에게 알려줄 소식을 지우기 위해, 복도 안쪽의 문을 열고, 침입자가 둥지를 튼 이곳으로, 그의 셀 수 없는 겹 안으로, 희미한 우글거림 사이로 끼어들고, 나는 이곳, 제일 촘촘하며, 침투할 수 없고, 불투명하고, 저항할 수 없는 이곳에 머물기 위해 집의 모든 나머지 공간을 떠나고, 나는 떨어지고, 고립되고, 잠기고, 가라앉고, 떠밀려가고, 틀어박히고, 나는 다른 쪽으로 간다.

〈〈〈

나는 비밀에 부쳐졌던 모든 것들이 내 앞에 나타나고 완전히 드러난 세상을 상상했다. 이런 것들이 떠오른다면, 묻히거나 하지 못했던 말들, 고백, 비난, 약속, 나쁜 기억, 악몽, 쓰레기, 찌꺼기, 유령, 아바타, 분신과 악마, 이 모든 것들이 눈에 보이고 머릿속에 떠오른다면, 내 의식이 이 나머지 것들에 의해 항시 사로잡혀 있다면 어떻게 될지 생각했다. 상상했다. 그리고 그때 나를 덮친 감정의 폭발에서 나 자신을 보호하기 위해 나는 눈을 감았다.

추격

숨바꼭질 놀이를 시작한다. 우리는 술래 한 명과 도망가는 여러 명의 역할을 정하기 위해 제비를 뽑는다. 나는 도망가는 쪽이다. 누군가에게 쫓기고 있을 때면 보통은 두려워하기 마련이다. 어느 순간에나 붙잡힐 수 있고, 그래서 심장은 가슴에서 튕겨 나갈 것처럼 너무 빨리 뛴다. 불쾌한 느낌이다. 자신을 다스리는 법을 배워야 한다. 만약 이 놀이에서 빠져나올 수 있었다면 우리 모두 다 그렇게 했을 것이다. 하지만 그럴 수 없고 다른 이들은 이해하지 못할 것이다. 우리는 강제로 놀이에 참여한다. 습관에 의해. 다른 이들처럼 되는 것은 절대적인 필요고, 가장 중요한 의무다.

신호가 떨어지면 우리는 뿔뿔이 흩어져야 한다. 술래는 매번 바뀌기 때문에 나는 굳이 이 술래의 이름을 말하지 않을 것이다. 비록 내가 숨바꼭질 놀이를 생각할 때면 포획, 술책, 관찰 능력과 쫓기는 이들이 남긴 흔적에 대한 이해가 뛰어나서 다른 이들보다 더 술래처럼 보이는, 다른 이들보다 월등한 존재가 떠오르기는 하지만 말이다. 술래는 벽을 향하고, 눈을 감은 채, 숫자를 세기 시작한다. 스물. 기다렸던 신호다. 처음 숫자가 발음되는 순간부터 우리는 각기 다른 방향으로 흩어진다. 다른 이가 볼 수 없는 유일한 장소를 찾는다. 얼마간의 시간 동안 다른 시선으로부터 우리를 숨겨줄 구석을 찾아 뒤지고 기어오른다. 우리는 두려움이 섞인, 같은 욕망에 흥분한다. 사라지고 싶은 욕망.

목구멍에서 혈기가 박동하고 나는 위험을 감지한다. 숨이 차오르고 감정이 갑자기 나를 관통한다. 열아홉. 다른 이들은 첫번째 신호에 곧장 도망가지 않았다. 열여덟. 그들은 나를 기다리고 우리가 함께 떠나기를 원한다. 무리를 위한 은신처, 서로가 밀집해 한 몸으로 한 번에 숨을 쉴 수 있는 은신처를 찾는다면 굉장할 것이고, 우리의 공포는 덜 할 것이다. 하지만 우리가 접근할 수 있는 은신처를 신속하게 떠올려본 결과, 우리의 희망은 뭉개진다. 이러한 공간은 존재하지 않는다. 숨기 위해서는 혼자 가야 한다.

열일곱. 나는 다른 이들에게 어디론가 가서 숨으라는 신호를 보낸다. 여럿이서 숨는 것의 위험을 감수할 수는 없다. 열여섯. 우리는 시간을 낭비한다. 우리는 흩어지는 방식에 대해 고민해보지 않았다. 우리는 허둥지둥한다. 열다섯. 우리가 모두 잘 들을 수 있도록 아주 큰 소리로 숫자를 센다. 우리는 듣는다. 우리는 카운트다운과 우리가 내려야 할 결정 때문에 마비 상태가 된다. 우리는 옹기종기 모여서 웅크려 있고 싶을 뿐, 흩어지고 싶지는 않다. 하지만 서로에게서 떨어진다면 더 쉽게 움직일 수 있다는 것 역시 알고 있다. 우리는 함께 있을 때 덜 강하다.

이른바 최초 현장이라고도 불리는 범죄 현장은 범죄가 일어난 장소라고 정의된다. 이를 위해서는 시체뿐 아니라 유니폼을 착용하고 시체 주위에 배치돼서 그 주변에 보안 구역의 경계를 짓는 사람들의 존재도 동시에 필요하다. 노란색과 검은색 테이프로 표시된 이 특별한 구역의 조성을 빼고서는 현장에 대해서 제대로 말할 수 없을 것이다. 따라서 범죄 현장은 인공적인 창작물이고, 모든 예술 작품처럼 자극적이고 낯설고 놀랍고 이해할 수 없고 그래서 결국 그 예외적이고 독특한 특징에도 불구하고 지극히 인간적이다.

나는 땅의 경사를, 구덩이를, 구석진 곳을, 언덕을, 위험하거나 혹은 빈 곳들을 알고 있고, 그곳으로 곧장 뛰어들기 전에 내 머릿속에서 그 공간들을 가시화하고, 내 키와 빈 공간의 크기를 비교하고 계산할 수 있다. 하지만 이 드넓은 가능성의 숲에서 오직 하나의 은신처만이 적당하고, 오직 하나만이 나의 조건에 맞을 것이다. 그리고 이 은신처가 정확히 어디 있는지 알아내려면 다른 곳들을 시도해볼 시간이 필요할 것이다. 열넷. 나에게는 시간이 없다.

숨는 것에는 각종 이점이 따른다. 이는 생각에도, 방심에도, 방황에도, 산책에도 어떠한 자리를 내주지 않는 독점적인 활동이다. 이는 본질적으로 시선으로부터 빠져나올 수 있는 모든 방법을 찾는 것이다. 숨는 것이란 보이지 않게 되는 것이다.

열셋. 나는 보이지 않는 존재가 되고 싶지는 않다.

최초 현장에 대해서 말하는 것은 제2의 현장 역시 존재한다는 것을 가정한다. 이곳은 엄밀한 의미의 범죄 현장과는 거리가 있지만 등한시해서는 안 되는 부수적인 요소를 제공한다. 저장고, 차고, 쓰레기장, 공터, 오두막, 강가, 작은 숲, 가명으로 빌리거나 구매한 아파트, 축사, 농장 건물, 영업용 혹은 일반 자동차, 캠핑 트레일러는 범죄를 계획하고 준비하는 보조적인 장소가 될 수 있다. 객관성을 가지고 생각해본다면, 영토의 집합체는 장기적으로 범죄의 제2차 현장이 될 가능성이 존재한다.

열둘. 나는 본능적으로 술래에게서 멀어진다. 나는 술래가 원래 서 있던 주변의 장소부터 시작해서 점점 큰 원을 그려가며 돌 것이라고 예측한다. 열하나. 술래는 쫓기는 모든 이들이 다급하게 뛰어든 은신처부터 시작할 것이다. 명백함을 피하고 새로운 해결책을 찾아야 한다. 이것이 내가 술래로부터 도망치는 방법이다.

범죄 관련 문서에는 시체를 발견한 순간에 찍은 다양한 사진이 존재한다. 침대 기둥에 묶인 시신, 숲속의 빈터에서 땅에 얼굴을 묻고 길게 누워 있는 시신, 부엌의 타일 바닥 위에 웅크리고 있는 시신, 기차선로 위에 머리가 없는 채로 꼼짝없이 쓰러져 있는 시신. 어떠한 장소도 누군가가 죽음에 이르는 폭력을 당하고 조사를 위한 사진에 찍힐 위험으로부터 보호해줄 수 없다. 생판 모르거나 혹은 가까운 희생자의 분별하기 어려운 자세를 발견하는 우연적 혹은 직업적 증인의 역할에 자신을 투영하는 것을 선호하지 않는 이상에야, 이 이미지들을 보면서 예상을 뛰어넘는 광범위한 지리적 애수에 잠기지 않기란 어려울 것이다.

열. 나처럼 술래 역시도, 특정한 키, 나이, 성별을 가진, 특히 이날 역할을 수행하는 술래 역시도 두려워한다. 나는 술래를 듣는다. 나는 술래를 안다. 나는 술래를 간파한다. 술래는 사냥의 시작을 지연시키고 늦장을 부린다. 아홉. 술래는 질질 끈다. 숫자 사이에 긴 여백을 남기고, 아무런 성과 없이 우리를 찾는데 몇 시간을 보내고 싶은 것처럼 우리에게 도망갈 기회를 준다. 술래는 무엇을 두려워하는 것일까?

프랑스에서 과학수사관은 범죄 장면의 관리인이라고 불린다. 그 이름이 말하고 있듯이 그들은 범죄자의 심리를 이해해보고자 범죄자의 입장이 되어보는 일 같은 건 하지 않는다. 그보다는 흔적을 채취하고 증거를 모으고, 생각하는 일과는 아무런 상관없는 기계적이고 섬세하며 고된 일을 해야 한다. 조사 과정에서는 항상 심리적인 면과 기계적인 면이 구분되어야 하고, 전자에 깔린 불확실성을 고려했을 때, 후자의 측면에 보다 집중해야 한다.

나는 술래가 의심에 사로잡혀 있다고 확신하는데, 모든 술래는 그들의 나이, 성별, 키 그리고 그들이 먹잇감과 맺는 관계와 상관없이 한 명 한 명, 놀이에서 놀이가 진행될수록 동요한다. 이 술래는 최악이다. 술래는 평소의 은신처들이 비어 있다는 걸 확인하는 것만으로 만족할 것이다. 술래는 볼 것이고, 만질 것이고, 들어 올릴 것이고, 흔들 것이고, 망가트릴 것이고,

열 것이고, 찢을 것이고, 배를 가를 것이다. 이것이 바로 포식자들이 행동하는 방식이다. 그들은 먹잇감과는 다르게, 마치 스스로 안심하려는 것처럼 일부러 흔적을 남긴다. 그들은 운명이 그들에게 부과한, 무리에서 완전히 구별되는 이 역할을 좋아하지 않는다. 도망자들을 찾아서 잡기 위해서는 어떤 조력자도 없이 혼자 추격을 시작해야 한다.

다른 이들은 혼비백산이 되어 도망가고, 그들은 엄청나게 시끄러워서 모습을 드러내고 말 것이다. 술래—특히 이날, 이 역할을 수행하고 우리를 찾고 있는 이 술래—는 엄밀한 의미에서의 사냥을 시작하기 전에 들은 것을 기억한다. 술래는 듣고, 숨을 깊이 들이마시고, 코를 킁킁대고, 만진다. 술래의 감각은 깨어 있고, 술래는 살아있다. 혹은 이에 더해, 삶이 보내는 신호에 겁을 먹은 것일지도 모른다. 다른 사람들을 찾아내지 않으면 너는 모든 것을 잃는다, 삶이 속삭인다, 이것이 그들의 삶에 반하는 너의 삶이다. 그리고 이 속삭임은 술래가 그것을 숫자로 덮어버리려고 노력하는 동안에도 귓속으로 깊이 파고든다. 여덟, 술래가 절망에 가까운 분노로 가득 차서 외친다.

과학수사관은 범죄 현장의 경계가 설정되고 보안이 시작된 이후에야 관찰을 시작할 수 있다. 수사관이라는 직업군에서 찾아보기 어려운, 시각 장애를 가진 사람이 아닌 이상, 사람들은 보통 눈에 보이지 않는 것을 등한시하는 경향이 있다. 따라서 전문가는 눈에 보이지 않을 가능성이 있는 것들을 최소한으로 줄여야 한다. 차마 보기 어려운 것들을 포함해 모든 것들을 볼 수 있는 준비가 돼 있어야 한다. 그는 장소와 물건들을 상세히 묘사할 것이며, 시체 주변에 나타난 무질서와 혼란의 상태를 보고할 것이다. 또한 그는 인간의 시력이 불완전하므로 침, 피, 정액, 머리카락, 털, 손톱 혹은 피부 조각의 존재를 밝힐 수 있는 단색 빛(주황색, 노란색, 파란색 혹은 녹색 필터)의 강력한 조명 장치의 도움을 받을 것이다. 이 극적인 장면 안에서 조명되지 못한 것들은 다른 곳에서와 마찬가지로 사라진다.

최선의 방법은 술래의 몸과 시선의 방향을 이용하는 것이리라. 그림자처럼 술래의 뒤에 달라붙는 것. 술래의 등에 머문다면 그의 뒤통수에 눈이 달려 있지 않은 이상, 나는 완벽에 가까워질 것이다. 술래가 절대 보지 못할 유일한 사람은 바로 술래 자신이다.

일곱. 나는 계속 움직인다. 나는 단 한 번의 시선만으로 나를 죽일 수도 있는 사람의 출현을 꼼짝도 않고 기다릴 수가 없다. 이것은 게임이다. 그리고 나는 비록 상징적인 것에 불과할지라도 죽음을 원하지 않는다. 다른 이들은 비좁은 곳에 몸을 웅크리고 있고, 나는 자유로운 곳으로 숨고 싶다.

어떠한 장소도, 그곳이 침실, 부엌, 욕실처럼 매우 개인적일지라도, 우리를 죽음의 위험으로부터 보호하지는 못한다. 주택 혹은 아파트처럼 완벽히 사적인 장소일지라도, 어떤 상황에서는 미래의 시신을 위한 틀과 함이 될 수도 있는 것이다. 어떤 사람들에게 이는 매우 끔찍하게 느껴질 테지만, 다른 어떤 사람들에게는 아무 곳에서나 살해당하는 것이 최악일 수 있다. 어쩌면 살인자가 무단으로 혹은 습관처럼 자신이 잘 알고 있는 장소에 들어와서 죽음의 편안함을 선사하는 걸 선호하는 사람들이 존재할 수 있다. 그와 반대로 바깥에서 이루어진 만남의 위험한 결과로서 자신의 죽음을 상상하는 것이 오히려 안심이 되는 사람도 있다. 이 두 갈림길에서 한 가지를 선택하기는 쉽지 않은 일이다. 무엇을 선호하든—선호에 대한 생각이 의미를 가진다면—우리가 겪을 수 있는 폭력의 가능성에 대해 생각하는 것은 집 밖에 발을 내딛을 때든, 집으로 돌아올 때든 우리를 두렵게 만든다. 이 두 경우 모두 위협은 매우 강렬할 수 있기 때문에 완전히 밖에 있지도, 완전히 안에 있지도 않은 제3의 장소로 몸을 피하는 일이 절박해진다.

나는 술래에게 다가간다. 우리는 이제 매우 가까워져서, 나는 술래가 조심스럽게 입을 대고 있는 벽에서 목소리가 튕겨 나오는 걸 들을 수 있을 정도다. 여섯. 나는 술래의 그림자, 분신, 하지만 술래가 존재를 모르는 분신이 되고 싶다. 다섯. 만약 술래가 갑자기 뒤를 돌아본다면 나를 발견할 것이지만 모든 술래는—특히 내가 너무나도 잘 알고 너무나도 가까운 이 술래는—그들의 성, 나이, 키에 상관없이 게임의 규칙을 존중하고, 이를 위반할 어떠한 이유도 없고, 머리는 앞에 고정하고, 눈은 잠시 감은 술래는 웅크려 숨이 막힌 채 겁에 질린 우리 중 한 명을 무슨 일이 있더라도 찾아낼 것임을 스스로 잘 알고 있다. 그리고 술래가 첫 번째 희생자를 포획하고 나면 술래의 고독, 집요함, 악의는 공유되거나 혹은 두 배로 커질 수 있고, 술래는 변절하도록 강요받은 참가자와 동행하게 되고, 쫓기던 자는 추격자가, 공범의 파트너가 되고, 그의 눈과 손은 술래의 수발을 든다. 넷.

술래에게 가장 어려운 점은 첫 번째 패자를 붙잡는 것이다. 그들은 어떤 순서로 나타날지 모르고 그렇기 때문에 술래는 키, 나이, 성별, 능력 역시 모르는 몸들을 얼마 동안 혼자서 찾아야 하는데, 특정한 상황에서 무지는 포착을 지연시킨다. 셋. 우리가 누구에게 다가가고 싶은지 정확히 알지 못할 때, 이 누군가는 배경으로 녹아들 수 있다.

인간의 손가락에 조각된 지문은 태아가 자궁 안에서의 삶 동안 겪은 다양한 자극의 결과로서, 예측 불가능한 선, 음각, 돌기로 이루어진다. 그가 그곳에서 쫓겨나 어른이 되면 그는 자기 손에 옛적의 기질이 사라지지 않은 고유한 흔적을, 그럴 기회가 있다면 범죄 현장에 남길 흔적을 간직하게 될 것이다. 수사관이 될 때 배우는 것처럼, 모든 물건은 만져질 가능성을 내포하고 있다. 따라서 돌기 혹은 지문 감정이라고 불리는 식별법은 살인자의 정체를 드러내거나 부패한 시신이 누구의 것인지를 알아내는 가장 효과적인 과학적 관찰법 중 하나다. 이를 위해서는 흔적이 나타난 표면의 상태에 따라 형광 혹은 자기 입자, 화학 용액, 염화은을 주성분으로 한 수성 용액을 이용하며, 최근에는 진공 금속 증착법으로도 알아낼 수 있다.

술래가 카운트다운을 끝내간다. 술래의 목소리가 떨린다. 술래는 음절의 굴림을 가속화한다. 더 빨리 숨을 쉰다. 둘. 하나. 술래는 미지의 세계로 몸을 던져야 할 것이다. 나의 조준선에 술래가 보인다. 술래는 눈을 뜨고, 움직이지 않는다. 공격에 들어가기 전에 주변의 냄새를 맡는다. 고개를 기울인다. 사물들이 우리 위에서 움직인다. 나는 우리라고 말하는데, 왜냐면 우리는 결합했기 때문이다. 나는 술래와 함께 있고, 거의 옆에 있고, 같은 공기를 마시고, 같은 둔탁한 소리를 듣는데, 이는 아마 쫓기던 이들 중 한 명이 구멍 안으로 숨는 것을 지체하면서 낸 소리일 것이다. 우리는 서로에게 연결되어 있고, 나는 술래의 리듬과 결정에 매여 있고, 술래는 나의 술래다. 술래가 움직이기 시작하고, 나에게로 단호하게 걸어오고, 나는 술래의 시선을 피하고자 몸을 숙인다.

술래는 나를 알아채지 못한 채 지나쳤고, 다른 이들을 깜짝 놀라게 해서 잡으려고 조심스럽게 위쪽으로 올라간다. 그들 중 한 명을 보는 순간, 술래는 손가락과 목소리로 지목하며 찾았다, 라고 말할 것이고, 잡힌 사람은 멋쩍어 할 것이다. 그는 은신처에서 완전히 빠져나와 술래가 일을 수행하는 데 동행해야 할 것이다. 나는 발걸음을 술래에 맞추려고 애써보지만 이 극단적인 활동에 아주 능숙하지도, 숙련되지도 않은 나는 아직은 완전히 술래의 그림자 안에 들어가지 못한다. 현재로서는 뒤에서 거리를 두고, 갑자기 술래가 뒤를 돌아봐야겠다고 생각할 때를 대비해 물러날 수 있는, 술래의 시선이 닿지 않는 지점에 머문다. 술래는 앞으로 나아가고 뒤를 돌아보지 않는다. 술래는 위에 도착해서 멈춘다. 속삭임 소리가 우리에게까지 들린다. 어떤 이들은 혀를 가만히 둘 줄을 모르는데 그들은 들켜서 잡힐 것이다.

술래는 목소리가 들리는 쪽으로 향하지 않는다. 대신 부부방 쪽으로 방향을 튼다. 어쩌면 첫 번째 포획 전에 느끼는 흥분을 지속하고 싶어서 그런 것일지도 모른다. 술래가 나를 잘못된 곳으로 유인해서, 우리를 이미 연결한 것들에서 해방시키고, 내 모든 노력에도 불구하고 술래의 머릿속에 들어가는 건 불가능하다는 걸 내게 이해시키려는 목적이 아닌 이상에야 말이다. 어쩌면 술래는 내가 뒤를 졸졸 따라다니고 있다는 것을 직감했을 수도 있다. 이 술래는, 다른 어떤 술래들보다 나와 너무나도 가까운 나머지 나의 예상에서 벗어날 수 없을 것이고, 나의 것이고, 나의 술래이고, 나에게 속해 있다. 하지만 술래의 예측 불가능한 반응이 나를 혼란스럽게 만든다. 나는 어떻게 행동해야 할지 알지 못한다. 나는 술래 뒤로 빠르게 움직여서, 찰싹 붙은 다음, 술래의 행동 하나하나 따라 하는 순간을 뒤로 미룬다. 우리는 일치되지 않는다. 아직은.

디엔에이, 즉 디옥시리보핵산은 각각의 세포에 존재하면서 신원 식별의 강력한 요소를 구성한다. 모든 개인은 자신만의 고유한 디엔에이를 가진다. 이와 동시에 다수의 과학 논문이 증명하는 바에 따르면 개인이 가진 디엔에이와 그의 아버지, 어머니, 형제, 자매, 자식들 사이에는 매우 뚜렷하면서도 쉽게 분별 가능한 공통점이 존재한다. 이러한 가족 유전적인 특징 덕에 2005년에 강간범이자 연쇄살인범인 데니스 레이더의 정체를 밝힐 수 있었다. 과학수사관은 그의 딸의 디엔에이를 채취해서 범행 장소에서 나타난 흔적들과 비교했다. 자신의 아버지가 열두 명을 살해했고, 그가 체포되는 데 자신이 결정적인 역할을 했다는 것을 알게 되고 나서 이 살인자의 딸이 어떻게 반응했는지 우리는 알지 못한다. 만약 모든 가족이 디엔에이 채취 협약에 따라야 한다면, 이는 생물학적 부모의 문화적 기초를 문제로 삼을 가능성을 배제하지 않는다.

나는 부부방까지 술래를 따라왔고, 술래는 침대에 누웠다. 문틈으로 들여다봤더니 술래는 한동안 등을 대고 누워 있다가 곧 잠을 자려는 것처럼 눈을 감았다. 나는 이해할 수가 없다. 여기엔 아무도 없다. 이 술래는 규칙을 신경 쓰지 않고, 보통의 술래와는 조금 다르다. 나는 술래를 잘 알고 있는데, 이 술래는 나의 술래고, 이 게임에서 나와 술래 사이에 무엇인가가 일어나고 있다. 다른 이들은 무슨 일인지 어리둥절할 것이다. 보통 놀이를 할 때는 말하지 않는 법, 웃지 않는 법을 배우고, 특히 추격자의 발소리가 아주 가까이서 들려올 때면 가능한 한 오래 숨을 참는다. 하지만 지금 상황은 전혀 다르다. 참이상한 술래이기도 하지. 술래는 이 모든 것에 거리를 둔 채, 무슨 일이 있어도 접촉을 피하려는 것 같다. 나는 어떻게 행동해야 할지 갈피를 잡지 못하고, 이 마비 상태는 나를 드러낼 수도 있을 것이다. 술래가 원하는 것은 무엇일까, 나에게 도대체 무슨 메시지를 보내고 있는 것일까?

부부방. 이곳은 우리가 들어가지 않는 방이고, 그들 전용의 공간이자 금지된 구역이다. 우리는 이곳에 들어올 자격이 없다. 나는 술래들이란 복종적이고 순응적인 줄로만 알았는데, 이제서야 내가 틀렸다는 것을 깨닫는다. 적어도 이 술래가 게임의 규칙을 다른, 더 오래된 규칙을 깨기 위해서 이용하는 것이 아닌 이상에야 말이다. 그런데 도대체 무슨 이유로?

현대의 조사관은 알리바이와 이유, 동기를 물질적인 증거보다 덜 중요하게 생각한다. 그는 이미 수십만 개의 프로필이 목록화되어 있고 매달 3만 개가 넘는 기록이 추가되는 디엔에이 지문 분석의 자동화된 국가 데이터 파일을 이용한다. 하지만 이러한 형식의 조사는 범죄자의 지문이 기록된 이후에만 효과를 발휘한다. 따라서 범죄 입문자는 이 함정에 빠지지 않기 위해서 범죄를 저지르고 난 이후에 도를 벗어나는 행동을 피하는 것이 좋다. 길거리에서 모르는 사람 혹은 친지에게 욕하기, 노상에서 술을 마시고 정신 잃기, 성가시게 만들 수 있는 사람과 부딪히기, 시위 참가, 무단 횡단, 브르타뉴의 해변에서 알몸으로 수영하기 따위를 하면 경찰서에서 몇 시간을 보내며 그곳에 지문을 남길 것을 강요받거나 지문 일치에 의한 사실 확인을 당할 수 있다. 2003년 주차요금 내는 걸 거부한 소방관과 주차장 경비원 사이에 벌어진 싸움을 예로 들 수 있다. 화가 잔뜩 난 소방관의 지문을 채취한 결과, 그가 십오 년 전 숲속의 빈터에서 발견된 열여섯 살 고등학생의 강간살해범이라는 것이 밝혀졌다. 이러한 상황에서 데이터 파일은 다른 무엇보다도 강력한 제지 효력이 있다. 이는 초보 범죄자에게 마찰이나 일탈이 없는 조용한 삶을 강요한다. 아직 처벌받지 않은 범죄자를 찾는 데는 흔적과 채취를 이용하는 것보다 사회 안에서의 행동 연구가 더 효과적일 것이다. 그들은 사법권과 어떠한 문제도 일으키지 않기 위해 스스로 개선된다.

나는 네 발로 미끄러지듯 술래의 곁으로 다가와 침대 밑으로 들어갔다. 술래는, 나의 술래는 움직이지 않는다. 맡은 임무에도 불구하고 거기서 잠이 든 것 같다. 술래가 카운트다운과 추격을 준비하느라 녹초가 된 것이 아닌 이상에야, 쫓기는 자들이 참을성이 없어져서 스스로 은신처를 빠져나올 것이라고 생각하는 것 같다. 나는 술래 바로 밑에 누워 있다. 나의 두려움은 사라졌다. 그 감정이 다시 돌아오도록 만들어야 한다. 내가 경계심을 바짝 세우고 있는 것은 그 덕이니까 말이다.

잠이 들었다. 머리 위의 삐거덕거리는 소리가 나를 깨웠다. 옆으로 술래의 발이 보인다. 술래는 부부의 침대에 앉아 있다. 나는 술래가 무엇을 보고 있는지 정확히 모른다. 나는 술래 주위의 가구들을, 머리맡 탁자, 옷장, 서랍장을 상상하려고 노력한다. 술래가 일어난다. 기묘하게 구겨지는 소리 같은 것이 들리는데, 술래는 아마도 서랍을 뒤지고 있을 것이다. 나는 술래가 이 놀이를 하나의 기회로 이용하는 것이 아닌가 하는 생각이 든다. 술래는, 특히 내가 이름, 나이, 얼굴, 성별을 알고 있는 이번 술래는 나를 시험한다. 술래가 다시 침대 위에 앉자, 매트리스와 침대 틀이 무게 때문에 가라앉고 거의 내 얼굴 위로 납작해진다. 나는 도망가고 싶다.

부부의 침대는 기념물이다. 부부의 침대는 숭배의 대상이다. 우리는 절대 그것을 쳐다보지 않는다. 만지지 않는다. 우리는 오직 그것을 이용하는 사람들이 없을 때만 그것에 대해 말할 수 있다. 그들의 침대 사용법, 그들의 비밀과 침묵에 대해서도 의견을 나눌 수 있다. 그리고 금지된 것임에도 가끔은 방문 앞에 머문 채 틈 사이로 듣고 엿볼 수 있다. 이해하지 못하는 것을 볼 수도 있다. 봤다는 것을 후회할 수도 있다. 그리고 간혹 더는 보고 싶지 않을 수도 있다. 머릿속에 새겨져서 끈질기게 괴롭히는 이미지를 다른 더 친숙한 이미지로 덮으려고 시도할 수도 있다. 이 기회에 강박관념이 흘러넘쳐서 모든 장소, 모든 시간, 모든 자리를 차지하고 압도하게 되는 것을 발견할 수도 있다. 본 것을 받아들이지 않을 수도 있다. 완강하게 저항할 수도 있다. 다른 이미지, 덜 궁금하고, 덜 자극적이고, 덜 신비롭고, 덜 괴롭히는 이미지에 도취할 수도 있다. 문 뒤에서 무슨 일이 일어나는지 다시 보려고 돌아갈 수도 있다. 혼란스러워질 수도 있다. 혼란스러워지는 것을 좋아할 수도 있다. 혼란스러워지는 것을 사는 방식의 하나라고 생각할 수도 있다.

나의 술래가 내 근처에 물건 하나를 떨어뜨렸다. 그것을 잡기 위해 손을 뻗어볼 수도 있겠지만 이 행동에는 나를 드러내는 위험이 뒤따를 것이다. 이것은 어쩌면 나를 나오게 하려는 서투른 속임수일지도 모른다. 만약 내가 팔이 보이도록 뻗는다면 나의 술래는 나를 볼 것이다. 술래가 찾았다, 라고 말할 것이고, 나는 수치스러워하며 은신처에서 나와야 할 것이고, 이는 내가 이곳에서 쟁취하고 있는 독립에 마침표를 찍을 것이다. 내 생각에 독립이란 분리의 동의어가 아니다. 오히려 그 반대다. 내가 나의 술래와 뒤섞일수록, 나는 더욱더 술래의 욕망에 굴하지 않고, 따라서 더욱더 나 자신이 되는 것 같은 느낌이 든다. 이는 자율성에 대한 조금은 제한적인 해석이긴 하지만, 다른 이의 욕망에 굴하지 않는다는 것은 이미 대단한 일이고, 이는 저항의 시작이다.

나는 나의 술래가 누워 있는 부부의 침대를 생각한다. 나는 이 침대의 공식적인 이용자들을 떠올리고, 그들이 우리가 이곳에 없다고 여길 때 실행하는 다양한 사용법에 대해 생각한다. 그들은 행동에 돌입하고, 쉬지 않고 끊임없이 얽히고, 구별되지 않고, 거친 숨결 속에서 뒤섞인다. 나는 그 방에 들어가야 한다고, 그렇지 않으면 그들은 곧 죽어버릴 거라고 생각한다. 하지만 생각한 것을 행동으로 옮기는 대신, 나는 계속해서 그들을 지켜본다. 그들이 죽고 나서부터는 그들의 얼굴에 미소가 진다. 그들은 긴장을 푼다. 우리는, 술래와 나는 이 순간을 고대했는데, 이전의 순간들은 매우 끔찍했기 때문이다. 그들의 신음은 찢어질 듯하다. 그들은 고통받고 있는 것이 확실하다. 우리는 문 앞에서 끝까지 머문다. 우리는 부끄럽지만 개입하지는 않는다. 만약 우리가 들어간다면 그들은 깜짝 놀랄 것이고, 이는 그들의 죽음을 더 앞당기고 충격적인 것으로 만들 위험이 있다. 우리에게는 그들의 끝을 재촉하려는 목적이 없다.

　　내가 몸, 성별, 나이와 키를 알고 있으며 이날 술래의 역할을 수행하는 나의 술래와 나, 우리는 이 장면을 여러 차례 경험했다. 우리는 이 장면을 여러 번 목격했다. 우리는 여러 번 그들이 죽는 것을 봤다. 나는 술래가 나와 함께 그들의 행동을 염탐할 때 짓던 표정을 알고 있다. 술래는 마치 이 소용돌이의 한가운데서 고정된 지점을 찾으려는 것처럼 가끔 나에게 기댈 때가 있었다. 지금 술래는 문턱을 넘었고 한쪽에는 문이, 다른 한쪽으로는 정원이 보이는 창문에 의해 경계가 진 무대의 가운데를 이리저리 돌아다니고, 우리가 여러 번 죽은 것을 봤던 이들의 침대에 누워 뒹굴기까지 한다. 나는 술래가 무엇을 찾고 있는지 이해할 수가 없다. 나는 애원하고 싶다. 네가 맡은 일을 해, 우울함에 빠져드는 대신에 숨은 사람들을 찾아내, 우리에게 다시 돌아와, 술래야, 너에게 아무런 도움이 되지 않는 오래된 이미지에 자꾸 빠져들지 말고, 네가 받아들인 역할을 하도록 해.

교환의 원리는 모든 인간 활동의 중심에 있다. 어떤 장소로 이동하든 개인은 필연적으로 그곳에 자신의 흔적을 남기고, 자신의 신체 혹은 옷에 그가 머물렀던 장소의 단서를 함께 가져가게 된다. 이 원리를 다행이라고 혹은 끔찍하다고 생각할 수 있다. 완전히 보이지 않게 행동하는 것이 불가능하다는 생각은 우리의 일시적인 존재에 의미를 부여하고, 반대로 사라지는 것의 불가능성은 만약 우리가 특정한 행동을 지우려는 의지를 갖고 있다면 불안의 원천이 될 수도 있다. 모든 범죄자는 필연적으로 이러한 원리에 연관되어 있는데, 1912년에 에드몽 로카르*는 이렇게 썼다. "범죄 행위에 수반되는 격렬함 때문에 범죄 현장에 아무런 흔적을 남기지 않고 행동할 수 있는 사람은 아무도 없다." 범죄자들이 악용할 위험이 있는 이 사실을 반박하고 부인하기 위해서, 범죄에 동의한 피

---

* 　프랑스의 범죄학자로 법과학의 창시자로 불린다. "모든 접촉은 흔적을 남긴다"라는 일명 '로카르의 교환 법칙'은 현대 과학수사에 큰 영향을 끼쳤다.

해자들이 아무런 저항도 하지 않고 미소를 띤 체념과 함께 자신이 붙잡히도록 내버려두는 동안, 범죄자들은 부드럽고 천천히 범죄를 저지르라고 권고된다. 그런데도 이 목표는 드물게 달성되는데, 피해자들의 두려움과 화와 당황이 섞인, 범죄자들을 구역질 나게 하거나 혹은 액체로 된 신체의 일부가 무대 안으로 입장하는 순간이 항상 찾아오기 때문이다. 살인의 행위에 동반되는 격렬함을 줄이기 위해서는 모든 육체적인 겹을 잃은 존재들만 죽인다고 상상해야 할 것이다.

나의 술래가 일어났다. 그가 나간다. 나는 내가 숨어 있던 곳을 떠나고, 비틀거렸다가, 걸음을 바로잡고, 술래의 그림자 안으로 최대한 교묘히 끼어들려고 한다. 술래는 나를 무시하고, 전진한다. 나는 숨는 대신에 술래의 흔적 안으로 바로 이동하는데, 술래는 너무 가까운 나머지 나를 보지 못한다. 나는 술래에게 찰싹 달라붙는데, 이것은 나만의 방식이다. 만약 생각대로 모든 일이 진행된다면, 나는 내가 이동하고 홈을 파고 지우기를 반복한 나머지, 경로의 증식과 왕복으로 복잡해진 그림에 의해 만들어진, 내가 거주할 수 있는 새로운 공간을 팔 수 있을 것이다. 이 순간이 찾아오면 나는 더는 내부에도, 외부에도 없을 것이고, 나는 그저 내 안의 어딘가에서 절대적으로 보호되고, 닿을 수 없게 되고, 보이지 않고, 무사할 것이다.

나의 술래가 급작스럽고 빠르게 움직인다. 술래는 가는 곳마다 모든 것을 망가뜨리면서 재빨리 다른 이들을 잡으려는게 틀림없다. 뒤집힌 병, 찢어진 커튼, 굉음을 내며 열리는 문,서두르는 발걸음, 낙하, 유리 파편, 숨이 찬 고함, 긴 함성 그리고 정적. 나의 술래는 전략상의 오류를 저질렀다. 술래의 과격한 행동 방식은 숨은 이들에게 단서를 주고, 그들의 주적이 하는 불안정한 행동에 귀 기울이게 한다. 나의 술래를 사로잡은이상한 분노가 술래를 혼자 있도록 만든다. 술래가 사냥에 실패하지 않기 위해서는 저항하지 않고 충실하며 사려 깊은 먹잇감이 필요할 것이다.

욕실은 엉망이다. 샤워 커튼은 욕조 밖에서 반쯤 찢긴 채 걸려 있다. 기적적으로 파괴되지 않은 전신 거울 안에서 거의 우연히 발견했을 때 내 것이라고 바로 알아보기 어려웠던 생기없는 얼굴이 네온등 밑에서 빛난다. 거울 표면은 마치 무겁고 길쭉한 물건으로 강타당한 것처럼 엉켜 있고, 두껍고 날카로운 선들이 수렴하는 그물망 모양으로 금이 가 있다. 유리병들은 몇 개는 깨지고, 몇 개는 온전한 채로 바닥 위에 뒹굴고 있다. 그중 하나에서 주황빛 액체가 쏟아져나와 타일 틈을 따라 천천히 퍼진다. 바닥은 축축하고 살짝 끈적거린다. 약품 선반에 있던 튜브, 약통과 유리병들은 흩어지고 열리고 뿌려지고 터졌다. 그중 다수가 변기 안에 버려져 있다. 마치 매우 아픈 사람의 알아볼 수 없는 배설물처럼 보인다.

과학수사관은 액체의 역학 덕분에 혈흔의 속도라고 부르는 것을 측정할 수 있다. 빠른 속도의 혈흔은 작은 방울들로 이루어진 안개와 같은 형상을 띠고, 총기류에 의해 생긴다는 특징이 있다. 둔기류 혹은 도검류는 중간 속도의 혈흔을 만들고, 해당 표면에서 증발하는 대신에 사방으로 튀어 오르고 분출된다. 마지막으로 낮은 속도의 혈흔은 예상할 수 있는 범위가 넓다. 이는 시신에 타격이 있었거나, 혹은 시신이 한 방울씩 피를 흘렸다는 것을 의미한다. 마지막의 경우 이 무질서의 원인이 되는, 죽었거나 혹은 살아있는 몸을 찾기 위해서는 엄지동자*가 그랬듯이 해당 핏자국이 남겨놓은 간헐적인 선을 따라가기만 하면 된다.

술래는 홀린듯이 제물을 찾아냈다. 아마 몇몇을 잡아 끌어냈을 것이다. 몇 명이나 되는지는 모르지만 그들은 조바심 때문에 잡혔을 것이다. 초조한 자들이 처음으로 잡히는데, 그들은 숨었던 곳을 빠져나와 불안해하고, 잊힐까봐 두려워한다. 그들은 빨리 끝내고 싶어 하고, 이 긴장감을 지속하고 싶어 하

---

*   샤를 페로의 동화 〈엄지동자〉의 주인공으로, 이 동화에서 가난한 부모에게 숲속에서 버림받은 엄지동자는 길에 남겨두었던 흰 돌들을 따라 집으로 돌아온다.

지 않는다. 그들의 동요는 실수라기보다는 신호에 가깝다. 나는 바로 이 덫에 걸리지 않기 위해 내 발자국을 나의 술래에게, 술래의 몸과 리듬에 들러붙게 하기로 결심한 것이다. 이제 술래는 더 이상 혼자가 아니다. 그것이 느껴진다. 한 명 혹은 두 명, 이들은 이제 술래의 공모자가 된다. 이는 술래가 계속하도록, 포기하고 싶은 욕망을 떨쳐버리도록 도와줄 것이다. 나는 술래가 사냥을 좋아하지 않는다는 것을 알 정도로 술래를 잘 안다. 술래는 사물의 미세한 움직임을 응시하는 걸 좋아한다. 이것이 바로 나의 술래가 이 역할을 원하지 않는데도 타고난 술래인 이유다. 술래는 구겨진 것, 접힌 것, 움직인 것과 얇은 먼지를 알아챈다. 술래는 스스로 의식하지 못하고 있지만 만만치 않은 존재다.

가공품 제조업자들이 과학수사대를 위해 만든 데이터베이스가 존재한다. 이 데이터베이스에는 프랑스에서 판매되고 있는 모든 신발 모델이 조사되어 있고, 수십만 개의 자동차 부품, 수천 개의 차체 페인트 표본, 수백 개의 타이어 자국 목록이 기록되어 있다. 이 기묘하고도 시적인 목록은 모든 구매가 흔적을 남기는 동시에 구매자를 식별할 수 있도록 한다는 사실을 상기시킨다. 이는 구매를 다음과 같은 것으로 환원시킨다. 자신을 가시적으로 만들기 위한 행동이자 세계적 규모의 위안. 구매는 우리에게 영혼의 보충을 제공하는 대신에, 우리를 드러나게 만들 수도 있다. 개인의 자유를 보호하기 위해 싸우는 한 단체는 대부분의 프린터에 장착된 감시 장치의 존재를 폭로했다. 컴퓨터에 연결된 이 주변기기 중 다수는 종이 위에 맨눈으로는 보이지 않는 그림 기호를 인쇄하는데, 이를 통해 인쇄 날짜, 시간 그리고 기계의 일련번호를 알 수 있다. 이런 사실에 비추어 봤을 때, 익명은 이를 꼭 욕망하지 않더라도 불가능해지고, 불가능하기 때문에 탐나는 것이 된다.

나는 술래를 떠나고 싶다. 나는 술래와 숨바꼭질 놀이, 애정, 싹트기 시작하는 증오, 암시, 공포와 결핍으로 묶여 있다. 술래는 나를 확대하고 나누고 연장하고 완성한다. 나는 아직도 독립적이 되려면 어떻게 행동해야 할지 알아내지 못했다. 나는 점령당한다. 관통당한다. 사로잡혔다. 나는 여럿이다. 나는 이제 내 자리를 되찾고 싶다. 술래에게서 떨어지고, 우리의 관계를 단절시키고, 거리를 두고 싶다. 우리는 둘이 될 수 없다. 이는 우리를 가로막는다. 술래와 나. 이는 우리가 살 수 없도록 만든다. 우리의 발목을 붙잡는다. 술래의 그림자 안에 머무는 것이 잡히는 것을 막아주기는 하지만 나는 내 몸으로 다시 돌아가서 정신을 차리고 그 안에서 살아야 한다고 생각한다. 나의 몸은 쫓기는 자의 것이다.

범죄 현장에는 다양한 상태의 시신이 존재한다. 그곳에서 우리가 보는 것, 만지는 것에 대해 항상 완전히 확신할 수는 없다. 예를 들어 시신의 부동 상태는 착각을 일으키는 외양이다. 죽음은 부동적이지 않다. 죽음은 안정적인 상황이 아니고, 고정된 상태도, 선명한 단절도, 확신할 수 있는 것 혹은 사실도 아니다. 그것은 지속적이고, 하나의 과정이고, 느린 변화고, 단계적인 변질이고, 긴 시간이 드는 변형이라서 가끔은 죽어가고 있는 사람이 정확히 어느 순간에 삶에서 죽음으로 넘어가는지 알아내는 것이 어려울 정도다. 덤불에서 옷이 반쯤 벗겨진 채로 발견되는 남자 혹은 여자의 정확한 상태를 확인하고, 이미 감긴 눈꺼풀을 들어 올리고, 이미 멈춘 맥박을 짚고, 이미 차가워진 입술을 만져보고, 이미 뻣뻣해진 목덜미를 바로 세우고, 이미 찢긴 옷을 들춰보고, 이미 상처 입은 가슴을 열고, 이미 말라붙은 흉터를 드러내고, 이미 멍든 장기들을 더듬는 것, 그리고 싸움을 좋아하고 단호한 데다 역겹기까지 한 숙주들이 이미 점령했던 몸을 덮어주는 것은 검시관의 역할이다.

술래가 보이지 않는다. 술래의 발걸음 소리도, 목소리도 들리지 않는다. 접촉은 중단되었다. 나는 안전하고 어두운 공간으로 들어갈 수 있을 것이고, 그곳에서 드디어 보이지 않게 될 것이다. 하지만 아무도 나를 발견하지 않는다면 나는 어떻게 될 것인가? 자유롭고, 닿을 수 없고, 찾을 수 없는 게임의 승자가 되는 것은 무슨 소용이 있단 말인가?

죽음 뒤의 처음 몇 시간 동안 시신에는 괄목할 만한 변화가 나타난다. 죽음의 첫 번째 신호는 혈액 순환의 중단으로 인한 변색이다. 이는 시반屍斑 혹은 사후 반점이라고 불린다. 혈액은 우리 모두에게 적용되는 중력의 영향력 아래서 신체의 안쪽으로 흐른다. 이는 혈액이 점령했던 구역에 반점이 생기게 한다. 이러한 반점은 얼마간 이동하거나 재생 가능한데, 이는 시신을 움직이거나 시신의 특정 부분에 압력을 가하는 방법으로 반점을 이동시킬 수 있고, 무언가를 담는 용기가 그렇듯이 액체가 집중되는 곳을 변화시킬 수 있다는 것을 의미한다. 이와 같은 색상 변화의 자연스러운 아름다움에 예민한 조종자라면, 한동안 시신에 이것들을 나타나게 했다가 사라지게 만들면서 재미를 볼 수도 있을 것이다. 그는 이러한 방식으로 자신이 선택한 시체에 새롭고 불안정한 지도를, 접근하기 어려운 미지의 섬들이 그려지는 것을 볼 것이고, 그가 철학자라면 자신의 행위를 장식하기 위해서 대우주와 소우주 사이의 교신에 대한 담론을 전개할 수도 있을 것이다. 하지만 그는 자신의 몽상에도 불구하고 무게와 경직이라는 준엄한 현실에 다시 직면해야 한다. 시체는 대부분 무겁고 우리의 표면적인 집착에 순종하려는 어떠한 의지도 보이지 않는다. 이에 더해 몇 시간이 지난 후에는, 혈관벽이 내수성을 잃고, 혈액이 세포 간 조직을 적시고 엉겨서, 이전까지 유동적이었던 반점은 시신의 특정 부분에 최종적으로 고정되고, 이를 분하게 여기는 조종자의 신체적, 철학적 활동에, 그리고 그의 지도 제작 작업에 종지부를 찍는다.

나는 내가 알고 있는 보호 경계를 떠나서 술래도, 먹잇감들도 평소에는 가지 않는 구역으로 진입하기로 했다. 나는 그들의 습관과 나의 습관에 작별을 고하기로 했다. 나와 들판 사이에는 몇 걸음만이 남았다. 나는 잠시 계단 앞에 머문다. 정원은 완만하게 강가로, 과수원으로, 못으로, 작은 숲으로 내려가고 그 너머에는 언덕들이 있다. 아직 날이 저물지 않았고, 사선으로 비치는 빛은 나뭇잎과 풀의 색깔을 더 짙게 만들면서 내가 어둠 속으로 뛰어들기 전에 마지막 몇 분을 만끽하고 있다는 극적인 느낌을 들게 한다. 안쪽으로 작은 돌담이 이 영역의 끝을 알린다. 나는 문턱을 넘고, 미지근한 공기가 코로 들어온다.

시체의 각막에는 사후 몇 시간 안에 얇은 막이 생기면서, 시체가 고정되고 불투명한 시선을 갖게 한다. 이 안구의 투명한 분비액은 주사기를 이용해서 채취할 수 있고, 사망 이후에 미세하지만 일정하게 증가하는 포타슘의 비율을 측정할 수도 있다. 또한 그들의 확대된 동공 안에 그들이 마지막에 봤지만 더는 증언할 수 없는 실루엣, 풍경, 그림자와 빛이 인화지 위에 감광된 것처럼 남아 있기를 헛되이 바라면서 죽은 자들의 눈을 찬미할 수도 있다.

내가 바깥과 나를 갈라놓는 유리문을 아주 살며시 닫으려는 순간, 유리 위로 한 손이 놓이면서 개입한다. 나는 이 손을 알고 있다. 게임 참가자 중 하나의 것이다. 손은 완전히 펴진 채로 유리 위에 놓여서 내 행동을 끝내지 못하도록 방해한다. 나는 손을 향해 뒤돌아보지 않고, 나는 앞을 향하고, 손의 끝에 달려 있다고 짐작되는 몸에게, 익숙한 몸무게, 나이, 키 그리고 이름을 가진 이 몸에게 유리에 찍힌 손가락 자국을 지우라고 부탁하고, 나는 속삭이면서 이를 부탁하고, 나를 정원으로 인도할 계단을 내려간다.

오래전부터 조각가들은 단단하고 차가운 특징을 지닌 횡와상橫臥像으로 유명인의 죽음을 재현하는, 굳어진 관습을 가지고 있다. 대리석이나 화강암은 시체 특유의 뻣뻣한 상태의 질감 및 점도와 유사성이 뚜렷하다. 그럼에도 우리는 진실에서 한 발짝 벗어난 채 편의를 선택한 예술가를 비난할 수도 있다. 사실대로 말하자면, 사후경직은 생물분해로 향하는 모든 과정 중 고작 하나의 단계일 뿐이다. 예술이 최후의 현실과 밀접한 관계를 맺기 위해서는 자연에서 일어나는 완전한 분해 전에 죽은 사람이 거쳐야 하는 연속적이고 다양한 상태를 이해할 수 있는 작품을 상상해야 할 필요가 있다.

나를 따라오는 손과 몸은 은밀한 동시에 강압적인데, 내가
알고 있는 그것들은 나처럼 추격당하는 먹잇감 가운데 한 명
의 것이다. 이 강압적인 손을 가진 사람은 적이 아니라 나처럼
쫓기는 신세이지만 나는 다른 사람을, 술래를, 나의 술래를 선
호하고, 나는 지금 당장 술래가 돌아와서 나를 이 손으로부터
해방시켜주면 좋겠다. 나는 더 빨리 걷고, 손은 나와 함께 있
고, 그것의 존재는 나와 함께하고, 그것은 내 발걸음 사이에 끼
어들고, 내 머리카락 사이로 숨을 내쉬는데, 나는 그게 싫고,
이 존재의 힘과 무게는 나보다 우위에 있고, 그것은 나를 잡아
창고 안으로 데려가고, 우리는 공구 사이에 숨고, 여기는 우리
의 키를 생각하면 웅크릴 필요가 없는 안전한 장소이고, 우리
는 그저 통로와 안쪽 벽 사이에 마련된 얇은 공간에 깊숙이 비
집고 들어가기만 하면 된다. 우리는 술래가 지쳐 떨어지기를
기다릴 것이다.

나는 손이 가리키는 틈 사이로 끼어들고, 가장 깊숙한 곳으
로 들어가는데, 공간은 나를 받아들이기 위해 느슨해지고, 벽
은 숨을 쉬며 열리고, 나는 공간에 꽉 차고, 손과 몸이 끼어들
며 나를 숨기고, 우리는 판자 뒤에 박혀 있고, 우리는 두 개의
원목 조각처럼 결합해 있다.

시체의 경직은 세포 조직의 신축성 상실에 의해 일어나는데, 더 정확히 말하자면, 근육에 존재하는 단백질인 근섬유소의 응고 때문이다. 이는 뒷덜미에서 시작해 조금씩 하지 쪽으로 퍼져나가며, 죽음 이후 대략 스물네 시간이 지날 때 최고의 강도에 이르고, 이틀째 되는 날부터는 약화하기 시작한다. 죽음의 환경과 죽음이 일어난 장소는 이 현상의 지속 시간에 간과할 수 없는 영향을 미친다. 만약 기온이 높고 죽음 바로 직전에 근육을 집중적으로 쓰는 활동을 했다면, 만약 죽음이 스트레스나 감전이 아니라 질식 혹은 큰 출혈 때문이었다면 시신은 더 빨리 부드러워지는 경향이 있다. 시신의 시의적절하지 않은 이동 역시 그의 외양과 변화의 연대기에 영향을 줄 수 있다. 바닥에 끌리고, 자동차 트렁크에 실리고, 혹은 침대까지 옮겨진 시신은 부드러워졌다가 경직되는 상태를 차례대로 거치다가, 일반적인 경우보다 더 많은 시간을 경직 상태로 머무는데, 이는 꼭 살해범의 것이 아닌데도 적의 것이라고 인식한 손과의 접촉과 기억에 의해, 급작스럽게 그리고 영원히 굳어진 것만 같다.

그때 술래가 온다. 내가 키, 성별, 나이와 이름을 알고 있는 술래가. 나의 술래가. 바깥문이 소리가 나면서 부딪히고, 술래는 풀 속으로 걷고, 마치 알고 있었다는 듯이 한 치의 망설임 없이 창고 쪽으로 향한다. 나는 술래와 단절하려 하고, 술래로부터 격리되고 술래에게 어떠한 신호도 보내지 않으려 노력하고, 이것은 게임의 일부이기 때문에 나는 이를 지키고, 술래가 나를 찾고, 나를 알아보고, 나를 드디어 술래의 동반자 중 한 명으로 만들도록, 이름을, 술래의 이름을 부르고 싶지만, 나는 규칙을 따른다. 나의 술래는 일정한 걸음으로 계속해서 나아가고, 손과 나, 우리가 시선을 피하고자 마련한 작은 공간 쪽으로 다가온다. 내 앞에는 쫓기는 자의 몸, 강압적인 손을 가진, 본의 아니게 정해진 나의 짝패가 있고, 이 짝패의 몸 앞으로는 여러 장비와 판자가, 나의 술래가 나에게 다가오기 위해 가로지를 마음이 꼭 들 것 같지는 않은 여러 겹의 층이 있다. 나는 보호된 동시에 갇혀 있고, 도망갈 수 없으며, 안에도 바깥에도 다다를 수 없고, 제3자의 손과 몸이 나의 성채가 되었고, 나는 이제 제3자에게 동행된 채로 쫓긴다.

손이 움직이고 나에게 입을 다물라고 명령하고, 손은 나를 도와주려고 위로하려고 안심시키려고 다가오고, 나는 그것이 나를 찾고 내 쪽으로 길을 트는 것을 느끼고, 그것은 부드럽고 단단하고 느리고 구체적이고 주의를 기울이지만, 나는 손을 좋아하지 않고, 그것을 나에게서 떼놓고 멀리하고 싶지만, 그냥 내버려둔다.

바깥도 안도 아닌 공간, 집에서 떨어진 은신처, 소굴, 창고,

땅굴 안에서 나의 짝패와 나, 다른 몸과 내 몸, 짝패의 손과 나의 살, 하나의 먹잇감과 다른 먹잇감 사이에서, 내부에서부터 일이 일어난다.

손은 더 집요해져서 스치고, 만지고, 찾고, 벌리고, 나는 아무 말도 하지 않고, 소리 지르지 않고, 한숨 쉬지 않고, 떨지 않고, 이렇게 하지 않는다면 술래가 나를 들을 수 있을 것이고, 나는 내 안으로 피신하고, 나는 손이 건드리는 부분으로부터 떠나고, 그것들을 내버려두고, 무시하고, 손의 의지에 덜 노출된 다른 구역들에 집중하고, 손은 놓이고, 손은 허용하고, 손은 오그라들고, 손은 떨리고, 손은 쥐고, 손은 잡고, 손은 더듬거리고, 손은 탐색하고, 손은 폭발하고, 손은 방문하고, 그것은 포위하고, 침입하고, 뚫고 들어가고, 움직이고, 휘젓고, 펼쳐지고, 끝마치고, 술래가 이 손으로부터 나를 구해주기 위해 와야 할 때가 되었을 것이다.

지질과 당분의 분해와 관련된 시체의 자가융해自家融解는 외부 박테리아의 개입 없이 이루어진다. 피부는 대리석의 외양을 띄며 정맥망이 다시 보이게 된다. 이러한 자가융해는 정확하게 말해 유기분해를 동반하는데, 이는 장 안에 있던 세균총細菌叢으로부터 유래한다. 이는 결장에서 시작해서, 맹장의 담즙 색소분해에 상응하는 녹색 반점이 나타나는 복부로 확장

된다. 이후 녹색 착색은 몸 전체로 퍼져나간 다음, 가장 오랫동안 저항하는 사지인 발과 손에 도달하게 된다. 조직과 장기는 액체가 된다. 표피 박리가 일어난다. 손톱이 떨어진다. 시체는 파란색, 보라색, 갈색을 거쳐 검은색을 띤다. 매우 강력하고 묘사하기 어려운 부패의 냄새를 풍긴다. 건전한 마음을 지닌 사람이 이와 같은 시신의 악취와 접촉하면 가능한 한 빨리 이를 피하려고 하며, 이는 악취에 살인과 자살을 역겹게 생각하도록 하는 주된 기능이 있다는 명백한 증거가 될 수도 있다. 하지만 역사를 통해 보면, 시체가 초래하는 이와 같은 혐오감이 살인과 자살을 막는 효력이 있다는 데는 의문의 여지가 있다. 잔혹성과 절망은 이와 같은 결정을 내리는 데 있어서 시체의 악취보다 더 강력한 요인으로 작용한다.

술래가 도착했을 때는 이미 너무 늦었다. 술래는 창고 앞에 서 있고, 나는 술래가 우리 둘 사이에 있던 공구를 하나씩 옮기는 소리를 듣는다. 술래가 내가 있는 곳에 도달하기 전의 공간에는 더듬는 손, 커다란 손을 가진 짝패의 몸이 있다. 내가 갇힌 구멍으로부터 나를 꺼내줄 긁히는 소리, 움직이는 소리가 들려온다. 성채에 금이 간다. 빛이 보이기 시작한다. 나는 기뻐해야 할지, 슬퍼해야 할지 알 수 없다. 술래가 봤고, 술래가 찾았다, 라고 말하고, 나의 짝패는 단념하고, 나에게서 손을 떼고, 은신처를 떠난다. 판자는 뒤엎어지고, 낮의 빛이 보이고, 손이 보이고, 술래 역시, 나의 술래 역시 내 앞에 보인다. 나는 거기에 있다. 나는 말하지 않는다. 나는 나타나지 않는다. 나는 내 짝패의 손과 몸을 알아보고, 이제 그것들은 잡혔고, 그것들은 술래의 보조가 되었다. 나는 반전과 변화가 일어났다는 것을 깨닫고, 쫓기던 이는 포식자가 되었고, 일이 벌어졌고, 일어났고, 짝패의 눈빛, 몸, 영혼과 더듬기 좋아하는 손은 이제 술래에게 속하고, 짝패는 술래에게 본 것을 다 말해야 한다. 나와 너무나도 가까운, 나의 술래. 말 없는 힘과 난폭함을 이유로 내가 증오하는 다른 이와 동행한, 나의 술래. 그들은 나의 존재를 감지하고, 그들 중의 하나인 것처럼 나를 지목할 것이다. 이는 피할 수 없다. 이는 치명적이다. 이는 게임의 일부이다. 나는 내가 무엇을 원하는지 더는 알지 못한다. 내가 여기 있다고 말하는 것은 가는 시간과 잘 가지 않는 시간으로부터 나를 해방해줄 것이다. 내가 입을 다무는 것은 나를 술래로부터 해방해줄 것이다. 나는 더는 이곳에 있고 싶지 않고, 다른 곳에도, 어떤 곳에도 있고 싶지 않다.

사람들에게 혐오감을 일으키는 시체의 악취는 특정 벌레에게는 이와 반대의 강력한 후각적 신호를 구성한다. 시체 부패의 여러 단계 동안 풍기는 몇몇 특정한 냄새에 유혹당한 날거나 기어 다니는 벌레들이 연달아 시신에 자리를 잡으러 몰려든다. 이들은 네 가지 카테고리로 구별할 수 있다. 부패

한 고기를 먹고 사는 시체식屍體食 벌레, 시체식 동물을 먹고 사는 시체 애호가 벌레, 시체와 시체 애호가 벌레를 동시에 먹고 사는 잡식성 벌레 그리고 특정 거미처럼 시체를 은신처로 사용하는 기회주의자 벌레. 이 네 개의 카테고리는 다시 여덟 개의 조로 나뉘는데, 이들은 모두 분해를 활성화하며, 식량을 가져다주는 기반의 변화 리듬에 맞춰 활동을 시작할 준비가 되어 있다. 첫 번째 조는 대부분 검정파리, 쌍시류로 구성되는데 이들은 습한 주름과 상처 안에 알을 낳으며, 해당 주체가 삶에서 죽음으로 넘어가는 바로 그 순간에도 개입한다. 두 번째 조는 대변의 분해에 이끌린 육식동물인 쉬파릿과로 구성되며 이들은 직접 시체를 섭취한다. 지방과 단백질의 발효는 산란과 살점 섭취 사이에서 일을 분할하는 세 번째 조인 초시류 및 인시류를 유혹한다. 네 번째, 다섯 번째 및 여섯 번째 조는 시신의 다양한 체액을 고갈될 때까지 섭취한다. 마지막으로 수시렁잇과와 곡식좀나방과가 힘줄과 인대를 갉아 먹은 후에는 거저리상과와 표본벌렛과가 이전 조의 나머지, 번데기, 유충, 껍데기, 배설물 및 죽은 곤충을 제거한다. 파리, 나비, 딱정벌레, 진드기류, 거미, 검은색과 빨간색의 풍뎅잇과 벌레는 이렇게 다양한 활동을 완수하면서 인간의 신체에 거주한다. 그들은 보존되고 영속하는 것이 주요 목적인 모든 살아있는 유기체와 마찬가지로 알을 낳고, 먹고, 생식하고, 숨고, 변화한다. 또한 그들은 수수께끼 같고 폭력적이고 혹은 고독한 희생자들이 맞은 마지막 순간의 이야기를 다시 구성하기 위해 득실거리고 악취가 나는 시신에서 그들을 채취하는 혼란스러운 조사관의 역할을 용이하게 하기도 한다.

술래가 내 앞에 있고, 나는 술래를 보고, 술래도 나를 보지만, 이를 말하지는 않고, 술래는 아무 말도 하지 않고, 술래의 표정은 내가 보인다는 것을 드러내지 않는다. 다른 한 명 역시 나를 향해 아무런 행동도 취하지 않고, 그 둘은 마치 내가 여기 없는 것처럼 둘이서만 말하지만, 적어도 이 둘 중 한 명은 내 몸을, 그 떨림을, 균열을, 조직을, 기질을 알고 있다. 나는 움직이지 않는다. 나는 굳어진다. 나는 폐를 닫는다. 내 구멍에서 어떤 공기도 나가지 않는다. 나는 죽은 척한다. 눈이 흐릿해진다. 입술이 서로 달라붙는다. 나 자신이 점점 불투명해지고, 딱딱해지고, 움직이지 않는 것을 느끼는 건 당황스러운 경험이다. 자신을 짓누르는 무게에도 불구하고 상대방에게 투명해지는 것 역시. 내 앞의 술래는 미소 짓지만 이는 나를 향한 미소가 아니다. 나는 여기에, 술래에게서 몇 미터 떨어진 창고의 구석에서, 내 모습을 드러낸 채, 부동의 자세로, 꼿꼿하게 서 있지만, 그럼에도 술래는 나를 발견한 것 같지 않아 보인다. 어떠한 손도 다가오지 않고, 어떠한 목소리도 나를 명하거나 부르지 않고, 시간은 멈춘다.

나의 술래와 술래의 새로운 보조가 떠난다. 나는 임시 공간에 머문다. 바깥도 안도 아닌 곳. 너무나도 완벽하게 숨겨져 있기 때문에 더는 누구도 나에게 다가올 수 없는 곳. 그들은 돌아오지 않는다. 그들은 뒤로 돌아오지 않는다. 그들은 나를 쫓아내거나 혹은 나와 끝내기 위해 다른 이들을 찾지 않을 것이다. 내가 마지막이다. 그들은 나를 무시한다. 나를 내버려둔다. 나는 그들에게 아무것도 아니다. 나는 그들의 시선을 받을 자격이 없다. 나는 원하지 않지만 사라졌다. 물러났다. 고립되었다. 나는 투명하다. 나는 보이지 않는다.

그래서 나는 은신처를 떠나고 하늘을 올려다보고 풀 속을 걷고 비탈을 뛰어 내려가고 강을 건너고 늪에 빠지고 언덕 쪽으로 올라가서 작은 숲에 들어가고 빈터를 향해 뛰어가고 이끼 안에 파묻히고 입가에 미소를 띤 채 두 팔을 벌려 눕고 땅이 빙빙 도는 것을 느끼고 현기증이 나고 다가오는 자들이 있고 오는 자들이 있고 나를 둘러싼 자들이 있고 나에게로 몸을 기울이는 자들이 있고 나는 그들의 눈을 거꾸로 보고 거꾸로 된 사람들의 눈은 이상하고 나는 그들에게 신호를 보내고 그들은 대답하지 않고 그들은 나를 보지 않고 나를 가리키지 않고 나를 명명하지 않고 나를 알아보지 않고 나를 좋아하지 않고 놀이를 하는 모든 사람 술래와 쫓기는 자들이 다 그곳에 있고 그들은 웃고 그들은 서로 만지고 어깨동무하고 볼에 입을 맞추고 그들은 모두 발견되었고 그들은 모두 잡혔고 그들은 더는 떨어지지 않고 그들은 함께 있고 그리고 은밀한 손 더듬는 손 강압적인 손을 가진 나의 짝패도 그들과 함께 있고 그것은 다시 오고 끼어들고 지나가고 다른 손들이 이 손에 합류하고 많은 손이 서로 잡고 붙들고 움직이고 돌고 거꾸로 된 눈은 웃긴 모양새를 하고 있고 거꾸로 된 입은 웃긴 입구를 가지고 있고 웃기게 생긴 이빨들이 나오고 웃긴 고함과 속삭임 고함 윙윙거리는 소리 노래들 나는 그것들이 무엇을 의미하는지 이해하지 못하고 나는 피곤하고 나는 목이 마르고 배가 고프고 나는 게임에서 이겼지만 뭐가 중요하단 말인가 나는 춥고 젖었고 나는 얼굴에 팔에 온몸에 물이 묻어 있고 나는 소리 지르고 나를 보이게 하려고 시도하고 나는 누군가가 나를 해방할 수 있도록 내가 여기 있다고 말하고 누군가는 나를 해방시키지 않고 거꾸로 된 눈은 점점 더 이상하고 거꾸로 된 입은 점점 더 열리고 나는 그들에게 합류하려고 몸부림치고 나는 현기증이 나고 입술은 마르고 귀에서는 윙윙거리는 소리가 나고 나는 터널에 있고 하얀색 빛이 보이고 나는 그쪽을 향해 투영되고 나무 꼭대기가 흔들리고 잎사귀가 살랑거리고 나는 현기증이 일고 나는 눈이 부시고 나는 유리와 같고 나는 창문과 같고 나는 크게 열린 입구와 같고 나는 정원 쪽으로 나 있고 나는 강 쪽으로 내려가고 나는 늪을 건너고 언덕을 오르고 작은 숲을 뛰어다니고 숲속의 빈터에 접근하고 이끼 안에 몸을 뉘고 나는 혼자고 나는 평온하고 도망쳤고 나는 사라졌고 아무도 나를 보지 못했고 내가 이겼고 내가 무찔렀고 내가 사라졌고 이는 나에게 아무 도움도 되지 못하고 나는 그들과 함께 있고 싶고 함께 살고 싶고 그들과 함께 웃고 빙글빙글 돌고 춤추고 노래하고 싶고 눈물이 화와 고통이 눈에 차오르고 나는 내 사람들과 함께 살고 싶고 나는 기다리고 나는 그들이 와서 나의 승리에 종점을 찍을 수 있도록 나를 찾고 나를 알아보고 나를 데려가고 나에게 내 이름을 혹은 아무런 이름이나 주기를 거의 아무런 희망 없이 기다린다.

나는 보이지 않는 것이 얼마나 고통스러운지에 대해 말하고 싶었다. 보이는 것이 얼마나 고통스러운지. 이 시선이 견딜 만한 것이 되기 위해서는 자신의 몸을 가지고 어떻게 대처해야 하는지에 대해서도. 나는 어린이들이 하는 놀이의 폭력성을 묘사하고 싶었다. 하지만 일이 진척될수록 내가 원했던 것과 내가 쓰는 것 사이의 간격이 커졌다. 나는 이 차이를 줄일 수 없다.

나는 죽음을 피해 산을 달렸다. 혹은 그것의 이미지, 영향력을 피해서. 나는 계속해서 달리고 달렸지만, 결론적으로 죽음은 아직도 거기에 있었다. 공간과 영토에 연결되어 있었다. 모든 사물에, 모든 존재에, 모든 식물에 녹아들어 있었다. 죽음은 한계도, 경계도 없었고, 그것은 나인 동시에 다른 모든 것이었다. 그것은 내가 모르는 사이에, 예고 없이, 내가 무기를 가질 새도 없이 다가왔고, 모든 형태를 띠고 있어서, 대항해 싸울 수 없었다. 나는 그것에 대항해서 싸울 수 없다는 것을 이해했다. 우리는 죽음에 의해 자신이 열리도록 내버려둔다. 우리는 그것이 우리를 더듬도록 내버려둔다. 우리는 죽음을 받아들인다. 그것을 견딘다. 우리는 죽음을 기다리고, 가끔은 그것을 부른다.

내 친구들

나는 집을 나왔다. 지난 일들은 잊었고, 내가 숨었던 다락방을 떠났고, 가족을 내버려두었고, 밖으로 갔다. 나는 기차역 쪽으로 가서 첫 번째 기차를 탔고 창 밖으로 땅, 들판, 곡식 저장고, 개인 주택, 울타리가 둘러쳐진 정원, 그리고 도로, 국도, 신호등, 원형 교차로, 교외, 빌딩, 고층 아파트들이 지나가는 것을 보았다. 나는 도시로 진입했다. 나는 빛과 소란스러움과 혼잡함 속에서 동요했다. 나는 조심스럽게 활보했다. 틈 안으로 미끄러지듯 들어갔다. 나는 혼자 걸었고 아무 일도 생기지 않았다. 나는 누군가가 나를 따라오고 있지는 않은지 보려고 자주 고개를 돌렸다. 어떤 부족도, 무리도, 순찰대도, 아무도 나를 붙잡지 않았다. 나의 걸음은 자유로웠다. 나는 덜 노출되었다는 느낌을 받기 시작했다. 집 밖은 위험하지 않았다. 적대감은 주둔지를 바꿨고, 그 후로 내부에 존재하기 시작했다.

파리는 위험과 위협으로 가득 찬 도시다. 나는 군중을 피했고, 될 수 있는 한 조심스럽게 있었다. 나는 전투를 준비했다. 나는 매복한 채로 실패, 공격, 기습의 시도를 겪을 준비가 돼 있었다. 파리는 적대적인 사회고, 파리는 잠재적인 공격자, 침입자, 사냥꾼, 약탈자로 우글거리는 영토이자 충돌의 구역이다. 나는 방어태세를 늦추지 않았다. 나는 행인들이 나를 스치고, 유심히 살펴보고, 경계하는 것을 느꼈다. 나는 반응하지 않았다. 하루는 길바닥에 누워 있는 한 남자에게 발이 걸려 비틀거렸다. 그는 움직이지 않았는데 가로로 누워 있던 그의 몸은 긴장이 풀려 있었고, 눈은 감겨 있었다. 나는 도시의 사용법을 알지 못했다. 그의 곁에 무릎을 꿇고 그를 거칠게 흔들고 발로 차서 그를 깨운 다음에 내 길을 다시 가야 했던 것은 아닌지 확신하지 못했다. 노상에 누워 있는 몸이 시체일 수도 있다는 위생적 측면에서, 또한 인류애에 입각하여, 그를 확인하는 것이 내 의무는 아니었을까? 나는 살아있거나 혹은 죽어 있는 이 남자를 흔들면 무슨 일이 일어날지에 대해 상상했고, 그다음의 일과 결과까지도 생각했다. 결국 나는 그쪽으로 몸을 굽히지 않았고 그에게 말을 걸지도 않았다. 나는 몸을 돌려 내 길을 갔고 그저 한 명의 행인이 되는 법을 습득했다. 나는 더는 보초가 아니고 더는 감시할 것이 없다. 나는 적응한다. 나는 위장한다.

나는 도시인의 직관적이고 보편적인 전략을 택한다.

나는 다른 삶을 시작했다. 나는 새로운 얼굴들, 새로운 목소리들, 새로운 몸들을 찾으려고 했다. 나는 군중에, 다양하고 다른 얼굴들에, 빠른 대화에, 가벼운 스침에, 익명의 맞대면에 익숙해졌다. 나는 리듬 안으로 들어갔다. 나는 도시에, 그 박동에, 파리에서 막 성인이, 열여덟, 열아홉 그리고 스무 살이 되었을 때 도시가 제공하는 것의 무한함에 나를 허락했다.

나는 쉼 없이 걷고 돌아다니고 가로지르는 대신에 느긋이 산책하고 멈추고 바라보기 시작했다. 나는 걸음을 늦췄고 앉아서 관찰했다. 점점 내 나이대의 젊은이들이 내 곁에서 걷기 시작했다. 나는 그들을 쫓아내지 않았다. 나는 덜 경계했다. 그중 몇몇은 가까이 다가왔다. 나는 두려움이 덮치는 것을 느꼈지만 그들을 밀쳐내지는 않았다. 나는 그들이 어떠한 공격성도 나타내지 않았기 때문에 친밀함이 긍정적인 양상을 띨 수도 있다는 것을 발견했고, 이를 실험해보고 싶은 마음이 들었다. 내 곁에서 걷던 이 젊은이들은 어느 날 왔다가 이후에는 매일매일 다시 찾아왔다. 그들은 매일 거기에 있었다. 걷기와 나에게 충실한 채로. 나는 그들을 내 친구들이라고 불렀다. 그들은 여럿이었고 동시에 하나였다. 나에게는 친구들이 있었다. 나에게는 친구가 있었다.

알리스 P.는 2012년 10월 남편과 동행했던 레닌그라드의 의학 학회에서 의식을 잃었다. 그녀는 남편 곁에 누워 있었고, 호텔 방의 두꺼운 커튼 아래로 창백한 아침의 빛이 침투하고 있었는데, 순식간에 믿을 수 없을 정도의 고통이 그녀를 덮쳤다. 그녀는 곧바로 자신에게 닥친 일을 가능한 한 상세히 묘사해야 한다는 것을 알았고, 자신의 직업 때문에 절망적인 상황에 익숙해서 좀처럼 당황하지 않는 그녀의 남편을 이해시켜 그가 바로 구급차를 부를 수 있도록 하기 위해서는 적절한 단어를 찾는 것이 불가피하다는 것을 알았다. 만약 그녀가 불굴의 의지로 남편에게 자신의 증상에 대한 정확한 본질을 전달하는 것에 성공하지 못했다면, 그녀는 아마 매우 심각한 뇌졸중을 겪었을 것이다.

나에게는 친구가 하나 있다. 여럿이 있다. 나는 파리에서, 브로카가街와 페르아물랭가, 라세페드가와 무프타르가, 파스칼가와 비에브르가 사이에서, 뤽상부르 공원에서, 생제르맹 대로, 브륀 대로에서 그들을 보고, 조금 더 늦게는 비샤, 모뵈주, 푸아소니에, 노트르담드나자레트, 로슈브륀, 부아노, 메닐몽탕과 로슈슈아르에서 그들을 만나고, 나는 구역을 바꾸지만 꼭 친구들을 바꾸는 것은 아니고, 아니, 결국 조금은 바꾼다.

나에게는 친구가 여럿 있다. 덕분에 나는 밖에서 계속 머물

수 있고, 집으로부터 멀어질 수 있으며, 집이 멀리 있다고 간주할 수 있다. 나는 친구들과 함께 지리적인 위치를 바꾸고, 중심가로 가며, 그곳에서 자리를 잡는다. 여기가 나의 새로운 집이다. 내가 혼자 갇혔던 다락방이 있던 다른 집, 옛날 집은 회미해지고 흐려진다. 그 집에 살던 이들 역시 희미해진다. 그들의 윤곽이 사라지고, 그들은 창백해지고, 밝아져서, 용해된다. 도시의 중심가로 향하면서 나는 내 사람들과 그들에게 연관된 기억을 완전히 떠난다. 나는 움직이고, 즐겁게 지내고, 가벼워지고, 낫는다.

나는 파리에 대해서 말하고 싶지 않다. 나는 친구들에 대해서 말하고 싶다. 하지만 동시에 파리와 내 친구들은 뗄레야 뗄 수 없는 것이 되었다.

알리스 P.는 알몸으로 호텔 방의 침대에 누워 있다. 남편의 동료들이 그녀 주변으로 몰려든다. 처음에 그녀는 그들의 눈에 알몸으로 전시되는 것이 불편했지만 얼마 지나지 않아 그 기분은 사라진다. 모든 것이 희미해진다. 손들이 그녀를 만지고 목소리들이 그녀에게 말을 거는데, 그녀는 멀어지고 거리를 두고 점차 다른 이들을 떠나서, 머릿속에서 열려 그녀를 두 개로 가른 심연에 완전히 몰두한다.

내 친구들은 매우 신속하게 중요한 자리를, 모든 자리를 차지한다. 나는 그들의 영향력 아래 완전히 깔리지 않기 위해 나만을 위한 공간을 마련해보려고 하지만, 나는 그들을 기다리면서 시간을 보내고, 그들이 오지 않으면 그 때문에 내가 치러야 했던 고통에 대해 무의식적으로 그들을 원망한다. 나는 내 친구들이 나에게 부과한 의존적인 관계를 증오한다. 나는 너무나도 두렵고, 이는 병적이다. 나는 매번 그들이 늦고, 도망치고, 교묘하게 피하고, 부재하거나 혹은 나를 무시하고, 한순간에 사라질 것 같다는 느낌을 받는다. 이러한 상황을 막기 위해서 나는 한 얼굴에서 다른 얼굴로, 한 목소리에서 다른 목소리로, 한 몸에서 다른 몸으로 건너뛰어야 하고, 친구들을 바꿔야 한다. 나는 친구들을 바꾼다. 한 명씩 한 명씩 그리고 가끔은 한꺼번에 그들이 내 삶으로 들어와 자리를 잡는다. 그러고 나면 나는 그들을 떠날 수 없는데, 그들은 내 안에 뿌리를 내렸다. 나는 단호한 조치를 취하고 혹은 그들이 단호한 조치를 취하고, 나는 뽑아내고 혹은 그들이 뽑아낸다, 그들을 증오하려는 나의 노력보다 그들은 더 끈질기다. 따라서 나는 그들을 내 곁에 두고, 그들 모두를 받아들이고 그들에게 소속되는 것에 동의한다.

나는 일이 끝난 뒤에야 말한다. 나는 일의 처음, 중간 그리고 특히 끝을 한꺼번에 생각한다. 하지만 나는 순서대로 살펴볼 필요가 있고, 내 삶에 들어와 자리를 차지하다가 떠나는 내 친구들, 이 젊은이들로 연속해서 이루어진 우정의 맥락을 되찾아야 한다. 이는 치명적인 움직임이다. 내 친구들은 나타났다가 사라진다. 나는 반항하고 반발하고 강요하고 혹은 애원했지만 이는 아무 소용도 없었다. 처음에 나는 이것이 그들의 잘못이라고, 그들에게 의연함, 참을성, 주의가 부족한 것이라고 생각했다. 그러다 어느 날 아주 오랜 시간이 지난 후에 나는 그것이 내 잘못이기도 하다는 것을 깨달았다. 그리고 그날 이후로 나는 스스로 그것을 설명하기 위해 과거로 다시 돌아오기를 시작할 수 있게 되었다.

알리스 P.는 침잠하기 전에 남편에게 경고할 시간이 있다. 그녀는 자기 뇌가 뭉개지는 호두라고 말하고, 구멍이 깊다고 말하고, 갈라진 것이 뒤쪽으로 흐른다고 말하고, 빛 없이는 앞으로 나아가지 않는다고 말하고, 그녀는 서두르고, 넘어지고, 팔의 개미들은 개미가 아니라 양들이라고 말한다.

첫 번째 경험에서 나는 열여덟 살에서 스무 살 사이다. 바깥세상과 바깥세상이 가져오는 나쁜 소식을 피해 숨어들었던 다락방을 떠나온 직후다. 나는 완전히 새로운, 홈 없는 사람이 된 기분으로 도시를 걷는다. 나는 그전에 일어났던 일들을 잊는다. 나는 이 흥분과 무지의 상태로 그를, 내 첫 친구를 만났다.

술래도, 부모도, 손 혹은 침입한 신체도 아닌, 그저 한 친구. 우리가 처음 봤을 때 우리는 서로를 알아본다. 나는 내 친구의 몸을 알아보고 그 역시 내 몸을 알아본다. 그는 아마 착각하는 것일지도, 내가 아닌 내 안의 다른 누군가를 보는 것일지도 모른다. 그리고 아마도 내 친구의 몸은 상호적으로 나의 공허를 채워주는 것일지도 모른다. 그는 나의 호기심을 불러일으키고, 살고 싶은 욕망을 자극하고, 마치 도보에, 그곳에 더는 있지 않은 누군가의 윤곽을 그리고 있는 하얀색 실루엣처럼, 내 머릿속에서 은연중에 이미 그의 모습을 띤 장소를 차지한다. 내 친구의 몸은 친숙하다. 내 친구의 몸은 형제의 몸 같고, 우리가 같은 성별이거나 가족이 아닌데도 나와 비슷한 몸이다. 내 친구와 나, 우리는 같은 몸을, 서로 닮고 동등한 몸을 가졌다.

알리스 P.의 이야기는 그녀의 오빠 이야기와 밀접하게 연관되어 있다. 그 역시 임사체험을 했고, 심지어는 그녀보다 더 멀리 갔는데, 그는 죽었고, 진짜로 죽었다. 조카의 결혼식이 있던 날, 그는 술을 들이켰고 웃었고 신들린 것처럼 춤을 추다가 다시 앉았는데, 치즈와 디저트 코스 사이에서 그는 갑자기 쓰러졌고, 심각한 경색증이었고, 회복될 확률은 거의 없었다.

내 친구와 나는 우리를 괴롭히는 것들에 대해 말하지 않는다. 적어도 나는 이에 대해 아무 말도 하지 않는다. 지난 일들을 비밀에 부친다. 나는 집에서 무슨 일이 일어났는지 들려줄 수 있을 만큼 내 가족 세 명을 묘사할 수 없다. 나는 기다림과 나쁜 소식, 내가 시신을 볼 수 없었던 네 번째 사람의 죽음에 대해 상세히 말할 수 있을 만큼 충분히 내 감정을 다스리지 못한다. 만약 내가 말할 수 있다면, 나는 내 공간인 다락방으로 갔던 선택에 대해, 시간의 흐름을 차단하고, 보이지 않는 것을 상상하고 그것을 생각 안에서 더듬고, 부재의 유지가 변함없는 사랑의 가장 완벽한 형태이기를 바라며, 그 부재 안에 나를 가두기 위해 숨어들었던 다락방에 관해서도 설명할 수 있을 것이다. 하지만 나는 입을 다문다. 나는 바깥을 경험하는 것으로 만족한다. 나는 걷고 내 친구도 나와 함께 걷는다. 이것은 지속적이고 우연적이고 적절한 왕래이자, 증식되고 분산되고 사라지고 다시 돌아오는 사람들, 그리고 우리를 닮았기 때문에 우리가 애착을 가지는 이 모든 사람과 바깥에서 함께 존재하고 만족하는 새로운 방식이다. 우리는 뤽상부르 정원의 연녹색 의자에 앉아 하늘을, 화분에 심긴 채 바람에 가볍게 떨리는 종려나무를 바라보고, 분수대 안을 떠다니는 모형 배가 가운데 분수에서 수직으로 쉬지 않고 뿜어내는 물줄기 때문에 가장자리로 밀려나는 것을 보고, 돛은 아슬아슬하게 기울어지고, 아이들은 가라앉기 전에 배를 건져내고, 방향을 잡기 위해 대나무로 된 기다란 막대를 사용하고, 이는 마치 마르셀 프루스트의 소설 속 한 장면 같고, 내 친구는 마르셀 프루스트를 좋아하고, 나도 마찬가지고, 그는 둥근 밀짚모자를 쓴 채, 마치 사람들이 세잔이나 고갱 혹은 모딜리아니가 방금 그린 것이라도 되는 양 그들을 관찰한다.

알리스 P.는 오빠의 일화를 들려주는 것을 좋아한다. 그녀는 오빠의 이야기가 그녀의 것보다 더 극적이고 완성도 있다고 생각한다. 그녀는 그 이야기 뒤로, 쓰러졌다가 다시 일어난 남자의 이야기 뒤로 숨는다.

내 친구는 내가 아는 누구보다도 사람들의 얼굴과 그 변화를 왜곡하지 않고 잘 말할 수 있는 사람이다. 그는 얼굴에 대해 끝도 없는 엄청나게 상세한 지식을 가지고 있다. 그는 얼굴을 유심히 살펴보고 상세히 구분하고 그 변화에 대해, 얼굴이 건조해지고 둥글어지고 주름이 지면서 어떤 식으로 변할지에 대해 상상한다. 그는 얼굴의 수집가다. 그의 수집품에는 자신의 얼굴 역시 포함되는데 그는 얼굴을 관찰하고 크림, 포마드, 마스크를 바르고 과도한 관리를 한다. 그는 이러한 관리를 통해 나이 드는 것을 늦출 수 있다고 믿는다. 나는 그의 행동과 이 모든 형태, 접힌 자국, 움푹 팬 곳, 표정, 주름을 묘사하기 위해 그가 사용하는 단어들에 감탄한다. 나는 그에게서 바깥으로 말린 입술, 거뭇한 눈꺼풀을 발견한다. 그 색깔과 입체감에는 그와 함께 그것들이 책 안에서 가질 수 있는 것과는 다른 현실감이 있다. 다른 몸의 발견이란 그것을 말하기 위한 단어들로 이루어진다. 그리고 내 친구, 오직 그만이 이 단어들을 말할 수 있다.

알리스 P.는 사고 전에 몇 년 동안 성형외과학을 공부했다. 그녀는 자신의 외모에 만족하지 못하거나 수술과 관련하여 제안받은 것 때문에 불안해하는 환자들에게, 그들의 사정을 헤아리고 더 좋은 서비스를 제공하기 위하여 그녀 스스로 실험동물이 되었다. 그녀는 자가최면 상태에서 스스로 보톡스 혹은 히알루론산을 주입했고, 피부 표면 아래에 래디어스 볼륨 향상제가 포함된 필러를 주입할 때는 동료들에게 전문적인 손길을 요청했다. 이를 통해 그녀는 튜브의 끝이 피부 안에서 움직일 때 느껴지는 고통스럽고 이상한 감각을 알아낼 수 있었고, 그것이 근육을 통과할 때 나는 불쾌한 소리를 들을 수 있었고, 그리고 전반적으로 환자들의 망설임, 그들이 느끼는 두려움과 바늘이 들어갈 때 그들이 내뱉는 신음을 더 직접적으로 이해할 수 있게 되었다.

보통 나는 친구가 말하는 것을 들을 뿐, 내가 말하지는 않는다. 나는 말하는 도중에 집을 상기시키는 친숙한 표현이 튀어나오지는 않을까 무척이나 두렵다. 나를 밀어내 떠나도록 만든 것들을 나는 생각하고 싶지 않다. 나는 새로운 친구들과 새로운 얼굴, 새로운 몸과 함께 항상 앞으로 나아가고 싶다. 나는 말은 조금하고 질문은 많이 던진다. 이것은 자신에 대해 답하지 않기 위한 하나의 방법이다. 이 방법은 얼마 동안은 나에게 적합하지만, 곧 내 친구에게는 문제가 된다는 것을 발견한다.

초반에 내 친구는 대답한다. 왜냐하면 그는 나의 친구이고, 내가 질문하는 것과 그 질문에 답하는 것을 좋아하기 때문이다. 한 명이 말하면 다른 한 명은 듣는다. 이것이 우리가 함께하는 방식이다. 우리는 이 차이가 각자의 기질을 구성한다고 생각하기 때문에 이를 받아들인다. 우리는 역할을 바꾸지 않는데, 그건 우리의 우정을 위험에 빠트리게 할 것이다. 우리는 이 역할 분배를 유지하지만, 곧 이 방식의 취약함을 느낀다. 내가 평생 대답하지 않고 그가 하는 말만 들을 수는 없을 것이다. 그도 평생 질문을 던지지 않고 말하기만 할 수는 없을 것이다. 진짜 대화를 위해서는 언젠가 서로의 자리를 바꿔야 할 것이다. 나는 떠나온 집과 내 뒤에 남겨둔 살아있거나 죽은 몸들, 나를 사로잡은 이미지, 내가 도망친 이유를 현재의 삶에, 현재의 배회에, 그리고 내 말속에 담아야 할 것이다. 이 과거가 은폐되어 있는 한, 내 친구와의 관계는 아무리 강렬할지라도 한계가 있을 것이다. 나는 이를 느끼고 그도 마찬가지다. 하지만 나는 계속해서 그의 옆에서 함께 걷고, 그가 하는 말을 듣고, 그가 묘사하는 얼굴, 몸, 윤곽을 바라본다. 나는 잠시 잊고, 그도 마찬가지다.

알리스 P.의 얼굴은 성형수술 때문에 좀처럼 표정을 읽기 힘들어졌다. 그녀는 숨기 위해 자신의 얼굴과 오빠의 일화를 이용한다.

내 친구와 나, 우리는 서로를 떠날 수 없다. 우리는 같은 몸을 가졌기에 연결되어 있다. 이 말은 우리가 서로 동등하고, 비슷하고, 친숙한 몸을 가졌다는 말이다. 성별은 이 유사성에서 어떤 역할도 담당하지 않고, 우리는 성별의 문제를 건너뛸 수 있고, 그것은 배경으로 물러나고, 더 강력한 필요성에 의해 무력해진다. 말해야 한다는 내 친구의 절대적인 필요와 입을 다물고 있어야 한다는 나의 절대적인 필요. 우리는 서로에게 등을 기댈 수 있도록 각자의 필요를 이용한다. 우리는 두 명의 친구다. 우리는 강하다. 우리는 이를 바꾸고 싶지도, 헤어지고 싶지도 않다.

우리는 만날 때마다 우리를 강력하게 잇는 것을 다시 발견한다. 그것은 그가 자신에게, 그리고 마치 내가 대리인의 자격으로 그의 세상에, 그의 욕망과 그의 눈 속에 사는 것처럼 나에게 말하는 모든 단어들이다. 필요한 것인데 자신에게는 없는 무언가를 상대방이 갖고 있지만, 그에게는 그것이 아무 쓸모가 없다는 걸 발견하는 즐거운 순간을, 우리는 매번 갱신한다. 우리는 상호 보완한다. 우리는 서로에게 끼워 맞추어져 있다. 우리는 나눈다. 우리는 싸움을, 사냥을 거부한다. 우리는 이 넓은 세상에 말하는 사람의 자리와 듣는 사람의 자리가 있었으면 하고 바란다. 하지만 이 드넓은 세상은 우리의 소망을 비웃고, 이 세상은 우리보다 더 잔혹하고 무심하다. 이곳에는 말하는 자의 자리도, 듣는 자의 자리도 존재하지 않는다. 혹은, 이 넓은 세상으로 들어가기 위해서는 한 자리를 차지해야 할지도 모르는데, 그렇다, 한 자리를 빼앗아야 한다.

알리스 P.의 오빠는 격정적으로 춤을 추고 난 후 쓰러진다. 알리스의 남편이 서두르고, 그에게 심장마사지를 하고, 그의 혈압을 유지시킨다. 곧 구급대원이 도착해서 그를 싣고 가고, 그는 살아남지만, 이를 유감스럽게 생각한다. 그는 천천히 침잠하는 것을 선호했을 터였다. 사라진다는 것은 아주 달콤한 일이었고, 깊은 곳에서 그를 안쪽으로 안내하는 노랗고 붉은 빛이 보였고, 그는 다가갔고, 그것을 만지기 직전이었는데 알리스의 남편이 이를 제지했고, 이 중대한 다이빙의 기회를 도둑맞았고, 자기 의지와는 상관없이 자신의 머리를 물 밖에 꺼내 지탱했는데, 그때 마침 그는 환희 안으로 빠져들기 직전이었고, 다른 편에서 그의 부모님의 실루엣이 그에게 인사를 하고 있었고, 그들은 하얀색 옷을 입은 채 미소를 지었고, 그를 불렀고, 그는 놀라울 정도로 평안했고, 밑에서 위로 느껴지는 열기가 그에게 전에는 알지 못하던 쾌락을 선사했고, 그는 그들의 실루엣 근처로 다가갔고, 겨우 그들에게 닿아서 그들이 입은 옷의 눈부신 백색 안으로 녹아들려고 했고, 경계가 없는 세계의 한가운데에 하나의 섬광으로 분사되어서 실루엣들과 함께 빛나려고 하는 찰나, 그는 깨어났다.

내 친구와 나는 스무 살에 판에 끼어들어 직업을 선택하고, 미래 안으로 우리를 투영하고, 성장하고, 사랑하고, 성숙해지고 싶지 않다. 우리는 계속해서 아무런 목적 없이 파리의 거리를 거닐고, 건물 안에 들어가지는 않으면서 외관을 찬양하고, 우연히 마주친 얼굴들 앞에서 경탄하고, 끝없는 무위에 몰두하고 싶다. 우리는 떠돌고, 카페테라스에 주둔하고, 파괴되고 있는 구역을 누비고, 바라보고 있으면 기념물만큼이나 아름다운 울타리와 넘을 수 없는 벽을 따라 걷는다. 이는 저항하기 위한 우리만의 방식이다. 우리는 선택의 순간을 미루고 이 과도기적인 상태에 최대한 오래 머물고 싶다. 우리는 속박되고 싶지도, 연루되고 싶지도 않다. 우리는 적응하는 데 꽤 어려움이 있다. 자리를 맡아야 한다. 자리를 선택하고 차지해야 한다. 우리는 미래 안에 이 자리가, 정돈된 삶과 일, 자식들이 그려지는 것을 보고, 자리를 차지하는 순간을 미룬다. 이는 마치 우리가 자신의 미래에 대항해 싸워야 하고, 불편한 동시에 도취시키는 상황을 어떠한 희생을 치르더라도 유지해야만 하는 것 같다. 무력감은 둘일 때 더 감당하기 쉽다.

알리스 P.의 오빠는 삶으로 귀환한 후 몇 달 동안 그를 짓누르는 일상으로 되돌아간다. 같은 부인, 같은 자식들, 같은 직장, 같은 여가 활동. 사람은 궁지에서 빠져나올 수 있는 에너지를 항상 동원할 수 없기에 잠이 들고, 쓰러지고, 목숨을 끊는데, 이는 가끔씩만 긍정적인 결과를 초래하는 편협한 비겁함이다. 알리스의 오빠의 경우에 죽음은 매우 유용한 전략이었다.

그리고 일이 일어난다. 의심, 불안, 의혹이 끼어든다. 내 친구는 무언가 변화되기를 원한다. 그는 내 질문들을 성가셔한다. 그는 덜 열정적으로 대답한다. 그는 뤽상부르 정원에 앉아 지나가는 사람들을 쳐다보고, 나에게 그들의 얼굴, 자세, 그들의 결점과 아름다움에 대해 상세히 말해주지만 그의 묘사는 점점 닳고, 고갈되고, 우리를 더는 이어주지 못한다. 내 친구의 목소리는 차가워져서 금속성을 띤다. 내 친구의 말은 우리가 함께하는 방식에 이용됐고 기여했다. 우리는 그의 말 안에서 함께였고, 우리는 그의 다변多辯 안으로 가라앉았고, 그 문장들은 우리를 세상의 피난처에 붙잡아두었다. 하지만 이제 기계장치는 작동을 멈췄다. 내 친구는 다른 것을 원한다. 그는 역할을 바꾼다. 그는 틀을 벗어난다. 그는 나에게 애매한 질문을 던지고 그다음에는 내 과거, 내 이야기, 내 집에 대한 직접적인 질문을 던진다. 그는 내가 머물러 있던 침착함, 혼수상태, 침묵에서 나를 꺼내려 하고, 내가 말을 하도록 유인하지만, 나는 그의 요구에 응답할 수 없다.

우정에서 평등은 아무런 소용이 없다. 영혼의 접합은 상대에게서 자신이 가지고 있지 않은 것을 발견하는 일로 구성된다. 우리는 우정 안에서 평등하지 않다. 예를 들어 한 명은 이야기하고 다른 한 명은 듣는다. 지금은 까마득해졌지만 처음으로 나에게 중요했던 우정은 이런 방식으로 내게 나타났다. 평등이란 우리가 함께 살 수 있는 세상을 건설하려고 노력하기 위해 필요한 허구에 불과하다.

알리스 P.의 오빠는 죽음의 나라에서 단 하나의 생각을 품은 채 돌아오는데 이는 그가 어렸을 때부터 사촌에게 느꼈던, 인정하기 위해 삼십오 년이라는 세월이 걸린, 거의 근친상간적인, 그의 금지되고 오래된 사랑을 드디어 선언하겠다는 것이었다. 그는 눈을 뜨고, 행동에 돌입해야 하고, 시간은 촉박하고, 신속하게 수행해야 하고, 그는 마흔아홉 살이고, 직장을 그만두고, 그의 아내와 아이들을 떠나고, 그의 젊은 시절 사랑을 다시 만나서, 그녀에게 전에는 차마 말하지 못했던 것들을 고백하고, 그녀는 그가 하는 말을 듣고, 그녀 역시 그를 사랑하고, 그들은 함께 다른 도시로 떠난다. 그는 여전히 동생의 남편이 자신의 죽음을 빼앗아 간 것을 원망하기는 하지만, 여러 해 동안 계속된 그의 거짓말에 종점을 찍게 한 이 예상치 못하고 극적인 사건에 만족해한다.

내 친구와 나, 우리는 동요한다. 우리는 난기류 안으로 진입한다. 우리는 서로 덜 신뢰하고 덜 너그럽다. 우리는 서로 다른 몸을, 하나는 남자고 하나는 여자인 우리의 몸을 보기 시작하고, 우리는 더는 서로 등을 기댈 수도, 섞일 수도 없다. 우리는 우리의 몸과, 설명할 수 없는 이유로 분열된 우리의 욕망에 의해 분리된다. 우리는 덜 강하다.

우리는 함께 살 수 없다. 우리는 상대를 잃는다. 상대를 잃어야 한다. 가치 있는 어떠한 평등도 존재하지 않는다. 어떠한 불평등함 역시도.

우정이 힘을 주고, 영감을 불어넣고, 동기부여를 하고, 용서한다면, 누구나 그것을 알리바이 혹은 동기처럼 이용할 수 있고, 자신의 행동, 선택, 목적을 정당화하기 위해 호출할 수도 있다. 만약 우정이 정말 가치 있는 것이라면, 우리가 결백하든 혹은 죄가 있든 상관없이, 확신을 갖고 자신을 미래로 투영하고, 자신을 자랑스럽게 여길 기회를 준다. 하지만 스무 살에, 감정과 말을 억제한다면, 눈물도, 슬픔도, 화도 나지 않는다면, 과거가 박탈되고, 멈춰 있고, 굳어 있다면, 우리는 자랑스럽지 않을 것이고, 부끄러울 것이고, 해야 한다고 했던 것을 하지 않았을 것이고, 열망에 도달하지 못했을 것이고, 우리가 약하고 노출되어 있다고 느껴질 것이고, 회한이 들 것이고, 후회할 것이다.

알리스 P.와 그녀의 오빠, 남편은 모두 의사다. 모든 가족이 신체, 질병, 증상, 진단, 치료, 고비, 발병, 상태 및 징후 변화의 언어를 말하고, 오빠는 결혼식 축하 파티에서 거의 죽었고, 동생은 심각한 뇌출혈을 경험했고, 남편은 살린다. 그들 셋 모두는 신체적인 사고가 장기와 머릿속에 각인된다는 사실을 알지만, 이 변화를 두려워하지 않는다. 그들은 죽음을 예고한 사건에 항상 사로잡혀 있지 않기 위해 극적인 요소를 제거하고, 이성적으로 설명한다. 치료하고 치료받는 것은 불안을 쫓는 것이다.

나는 예시를 들어야 한다. 주제의 핵심으로 들어갈 필요가 있다. 나는 열여덟 살이다. 나는 스무 살이다. 나는 집의 가장 황폐한 공간으로 숨어들었다. 들어야 할 것을 듣지 않기 위해, 알아야 할 나쁜 소식을 피하려고 다락방으로 숨어들어갔다.

소식을 듣지 않았다. 그것을 거부했다. 사실을 무효화하고 그것이 침입하지 못하도록 했다. 모든 현실을 경직되고 단단하고 차가운 것으로 만들었다. 나는 내 삶이 그대로인 것처럼 행동했다. 내 앞의 모든 공간을 구성하던 동일한 지표, 두 명의 부모, 두 명의 자식, 네 개의 실루엣, 내 실루엣은 키는 같고 나이는 더 많은 다른 실루엣 옆에 있고, 언니와 동생, 내가 동생이고, 그녀가 언니고, 나는 그녀를 삼인칭으로 지칭하고, 나는 그녀를 어떻게 명명해야 할지 모르고, 그녀를 내 문장에서 빼내지 못하지만 끼워 넣지도 못하고, 나는 그녀 주위를 돌고, 가까이 다가가고, 뜨겁고, 나는 멀어지고, 여전히 뜨겁고, 그녀는 나의 꿈에 들어왔고, 그곳에 머물고, 그녀의 죽음은 내가 인칭대명사를 대하던 방식을 바꿨고, 나는 더는 그녀에게 직접적으로 말을 걸 수 없고, 나는 그녀와 멀어지게 만드는 삼인칭 안에 그녀를 포함해야 하고, 그녀는 말에서는 멀지만, 몸에서는 가깝고, 우리는 대칭적이고, 균형적인 가족의 외형 아래서 함께이고, 네 개의 측면을 가진 기하학적인 모형은 마치 천막처럼 내 주위로 펼쳐지고 내가 나아가는 것을 방해한다. 나는 자리에 머물고, 내가 발명했고 더는 존재하지 않는 연약한 구조를 깨지 않기 위해서 최소한으로만 움직인다. 나는 부재를 무력화한다. 내 언니는 내가 어떤 행동을 하더라도 항상 내 옆에 있고, 내가 어떤 결정을 하더라도 항상 부재하고, 그녀는 사라졌지만 강하고, 살아있는 누구보다도 혹은 어떤 친구보다도 더 강하고, 심지어는 나보다도 더 강하다.

알리스 P.는 죽는다는 것이 얼마나 쉬운지에 대해, 이 일의 단순함에 놀란다. 모두가 이에 대해 온갖 이야기를 꾸며내지만, 사실 이는 신체적인 고통에도 불구하고 거의 달콤한 모험이다. 죽어가면서 우리는 엔도르핀을 분비하고, 스스로 마취되며, 초연해져서 아타락시아 ataraxia *와 비슷한 상태에 이르게 된다. 모든 사람은 적어도 한 번쯤 자신을 위로하고 평온하게 하고, 자신의 죽음 및 친지들의 죽음에 대한 인식을 긍정적으로 바꾸는 이 일시적인 경험을 해봐야 할 것이다.

가족 내에서 아이들은 평등하지 않다. 그들은 같은 방식으로 자라지 않고, 같은 가방을 들고 같은 방식으로 떠나지도 않는다. 평등함은 존재하지 않는다. 누구도 다른 누군가와 동등할 수 없다. 우리는 갈등, 의식의 확립, 고통을 늦추기 위해 이러한 허구를 믿게 되었다. 하지만 이러한 환상을 유지하는 것은 그것을 더 가속화시킨다. 우리는 비교할 수 없지만 비교하고 그 때문에 고통받는데, 왜냐하면 한 명이 다른 한 명보다 강하고, 한 명이 다른 한 명보다 더 사랑을 받고, 한 명이 다른 한 명보다 영리하고, 한 명이 다른 한 명보다 더 어리기 때문이다.

---

*   괴로움과 근심 등 잡념에서 벗어나 마음의 동요가 없는 평안한 상태를 이른다.

내가 말하고 있는 것은 내가 더 어렸다는 것이다. 내가 말하고 있는 것은 내가 더 강했다는 것이다. 평등은 존재하지 않는다. 나는 이 발견을 잊어버리기 위해 우정으로 달려들었지만, 우정은 곧 나를 그 발견 안으로 다시 빠트린다.

내 친구는 나를 보호하고 지켜주며, 내가 잘 알고 있는 실루엣 중 누구도 나를 찾으러 올 수 없는 구역에 잠시 나를 머물게 한다. 그는 나의 과거에 존재하기를 거부한다. 그는 내 가족 중 누구도 들어올 권한이 없는, 내 범죄가 지워지고 내 잘못이 알려지지 않은 순수한 공간으로 나를 데려간다. 그는 나에게 은신처를 제공하고, 알리바이를 대주고, 나의 침묵을 지지하고 정당화하고, 그가 말하기 때문에 나는 입을 다물고, 내가 입을 다물기 때문에 그는 말한다. 그는 나의 새로운 가족이다.

나는 기억할 수도 없을 만큼 오래전부터 나를 잡아 벌을 주려는 가족들을 피해 숨고 달리는 꿈을 꿨다. 나의 죄명이 무엇이고 내게 무슨 잘못이 있는지는 모르지만, 동시에 내가 되돌릴 수 없는 짓을 했다는 것은 알고 있다. 그래서 나는 겁에 질린 채 숨이 차도록 뛰는데, 항상 그들에게 잡히기 전에 깨어난다. 잡히지 않았기 때문에 꿈이 잘 끝났다고 볼 수도 있지만, 다른 한편으로 보자면 절대로 내 잘못의 비밀을 파헤칠 수 없고, 그 내용과 원인을 정확하게 알 수 없기 때문에 꿈이 나쁘게 끝났다고 볼 수도 있다. 아마도 내가 아주 고약한 범죄를 저지른 것이 틀림없지만, 나에게는 아무런 기억이 없다. 이러한 조건에서는 깨어 있는 삶에서 신중하게 행동하고, 위장의 전략을 채택하는 편이 좋을 것이다.

알리스 P.는 자신의 성형외과에서 인생의 굴곡으로 인한 피부 표면의 자국이 옅어지도록 자신과 환자들의 얼굴을 다듬는다. 이는 비싸고 길고 고된 여정을 요구하고, 환자들은 주사, 절개, 도려내기, 손실, 삼출渗出, 수술을 견디고 감당할 만한 힘을 가져야 하는데, 결국에 우리는 이것들을 정말로 원하는지 혹은 두려워하는지 알 수 없게 된다. 신체 기관에서는 주입된 낯선 물질 혹은 요소에 저항하는 격렬한 반응이 자주 일어난다는 것을 고려해볼 때, 얻은 결과가 지속하기 바라는 것은 실제로 역설적인 면이 있다. 얼굴의 팽창, 색상 변화 및 표피의 배열, 볼에 탄성을 주는 콜라겐의 평소와는 다른 생산량은 신체가 이를 통해 자신을 방어하려는 염증성炎症性의 표시이기 때문에, 우리는 이 신호가 되도록 일시적이기를 바라야 할 것이다. 다양한 기법을 통해 인공적으로 만들어낸 부풀어 오른 얼굴, 두툼한 입술, 혹은 탱탱한 엉덩이는 신체가 변화에 저항한다는 것과 이 저항이 신체를 변형시킨다는 사실을 상기시킨다. 이들은 나이가 듦에 따라 생기는 주름, 거무스레한 눈가, 쇠약함과 물러짐보다도 더 고통스럽고 우스

꽝스러운 폭력을 통해, 시간에 흉터의 외양을 선사한다.

나는 내 친구에게 이 반복되는 꿈에 대해 말할 수도 있겠지만 그렇게 하지 않는다. 나는 가능한 한 오래 침묵을 유지한다. 하지만 침묵이 너무 오랫동안 계속되면 그것은 유지할 수 없는 것이 된다. 침묵은 다른 나머지를 오염시키고, 모든 몸짓, 모든 표현, 모든 단어와 모든 행동에 침투한다. 그것은 거짓말처럼 커지는데, 모든 거짓말은 아무리 가볍고 하찮은 것이라도 눈덩이 효과에 의해 커진다. 함구의 메커니즘에는 엄격하고 빈틈이 없는 주의력을 비롯해 모든 즉흥적인 행동, 모든 새로운 기쁨, 모든 흥분을 배제하는 스스로에 대한 제어가 필요하다. 침묵이 나를 추방한다. 따라서 내 친구는 내가 숨은 곳으로 나를 찾으러 올 것이다. 그는 내가 갇힌 곳 뒤의 문을 민다. 그는 내가 머무는 차가운 공간으로 들어온다. 그는 힘으로 통로를 열려고 한다. 내 존재 안의 새로운 침입자가 문턱에 머문 채 나에게 말하라고 권유한다. 왜 너는 침묵을 지키고 있니? 그가 말한다. 그에게 대답하는 대신 나는 다른 질문을 던지는데, 이는 나를 방어하고, 그의 접근을 제한하고, 그를 밀어내는 나만의 방식이다. 왜 너는 그렇게 말을 많이 하니? 이 두 질문이 소용돌이치고 우리는 그 질문의 끝이 우리를 건드리고 상처 주지 못하도록 교묘히 피하려고 한다. 우리는 파리에서, 생테티엔 뒤 몽에서 생트 준비에브 도서관까지, 소르본에서 뤽상부르 정원까지, 무프타르가에서 비에브르가까지, 모든 질문이 고갈될 때까지 박자에 맞추어 어슬렁거리며 걷는다.

알리스 P.는 행복하고 명랑하고 기쁘고 호기심이 많고 수다스러워 보인다. 그녀는 자신이 겪은 뇌졸중과 그에 따른 의식의 변질된 상태에 대해 기꺼이 들려준다. 그럼에도 그녀는 이 사고가 불러온 정확한 결과와 그것이 자신의 존재를 다시 구성하도록 강요한 방식에 관해서는 놀라울 만큼 강하게 회피한다.

내 친구와 나 사이의 침묵은 거대해졌다. 그것은 무게가 있고, 밀도가 있고, 존재감이 있고, 그것은 우리 사이에 벽처럼 세워져서 우리를 갈라놓는다. 우리는 덜 가깝다. 의심이 커지고 불신이 생긴다. 우리는 여전히 나란히 걷지만, 우리의 걸음은 덜 경쾌하고, 우리 사이엔 거리가 있다. 내 친구는 크기와 부피를 잃었고, 그는 작아져서, 내 존재를 가득 메우는 흐릿하고 불분명한 실루엣 중 하나가 되려고 한다. 나는 반대편 인도 위에서 그를 발견한다. 그의 윤곽이 건물 정면에서 역광으로 뚜렷이 드러나고, 그가 나를 알아봤을 때도 그는 여전히 멈추지 않는다. 나는 그에게 손으로 신호를 보내는데, 가끔 그는 건성으로 답하고, 가끔은 아무 일도 없었다는 듯 그냥 지나친다. 나는 그를 쫓아 따라간다. 그는 빨리 걷고, 새로운 구역에 도달하고, 다른 동네를 산책하고, 새로운 영토를 어슬렁거리고, 다른 몸과 다른 얼굴을 쫓아가고, 그것들에 대해 내게는 아무런 말도 하지 않고, 그는 점점 부재하고 회피한다. 나는 그를 미행하고 그에게 도달하려 하지만 그는 더 멀리 가고, 나는 그를 따라가는 것이 너무 힘들다.

내 친구는 떠나는 중이고, 나는 그를 붙잡아야 한다.

알리스 P.는 젊었을 때 이미 자기 삶을 흔들어놓은 극적인 경험을 했다. 십사 개월 된 아들과 시간을 보내던 어느 날, 그녀의 아들이 병에 베였고, 힘줄 열네 개가 절단되었고, 피가 벽 곳곳에 튀었다. 그녀는 아마도 실수를 저질렀을 것이고 부주의했을 것이다. 아이는 완전히 회복했지만, 손과 삶을 영영 잃었을 수도 있었다. 이 사건은 알리스에게 커다란 영향을 끼쳤다. 그녀는 자가면역질환에 걸렸다. 그 이름이 가리키듯 이 병은 우리가 스스로에게 부과하는 병이다. 신체는 자신의 세포를 알아보지 못하고 최대한 빨리 제거해야 하는 침입자로 간주한다. 알리스 P.는 임사체험을 하기 훨씬 전, 몇 년 동안, 그녀 자신의 적이었다.

불안, 도망가는 듯한 만남, 어색하고 부자연스러운 대화로 몇 주가 지난 후 나는 선수를 친다. 나는 내 친구에게 전화를 걸어 떠나지 말라고 부탁한다. 나에게는 우리가 함께 걷고 우리의 영토를 어슬렁거리고 우리의 발걸음 소리를 듣는 것이 필요하다고 그에게 설명한다. 우리가 박자를 맞추어 사는 것이 필요하다고도. 나는 떠나는 그를 원망하고, 슬픈 것이 아니라 분노하는 것처럼 행동한다. 겉으로 보이는 화를, 배신당했고 모욕당했고 버려졌다고 느끼는 자들과 혼자 있고 싶지 않은 자들이 내는 화를 낸다. 나는 그걸 이해할 만한 것으로 만드는 방법을 모르기 때문에, 자신을 황폐하게 만드는 소식을 또다시 대면하고 싶지 않다. 사랑하는 사람을 잃는다는 것은 이해할 수 없고, 받아들일 수 없고, 불쾌하기 짝이 없는 일이다. 이러한 행동을 금지해야 할 필요가 있을 테고, 떠남, 이별, 자살, 죽음은 강력한 단속의 대상이 되어야 할 것이다. 한 사람이 다른 한 사람에게 한 묵언에 대해 아무도 법적으로 숙고하려고 노력하지 않았고, 아무도 결별, 유형流刑, 이별, 떠남을 불법적인 것으로 만들지 않았다. 나는 처음으로 입을 열지만, 내 침묵에 대한 정확한 원인을 설명하지는 않는다. 내가 죽음에 사로잡혀 있고 무슨 일이 있어도 이에 충실하고 싶다는 말은 하지 않는다. 죽은 사람에게 충실하다는 것은 더는 그의 이름을 부르지 않는 것이고 이 방법을 극단적으로 밀어붙여 죽은 사람을 지우는 것이라고 어리석게도 믿고 있다는 말은 하지 않는다. 나는 어떤 친구에게든 나의 고통을 내보이지도, 그것을 미끼처럼 던져주지도 않을 것이다. 나는 의연하고 폐쇄적이고 대리석처럼 단단하게 있을 것이다. 그리고 만약 내 친구가 떠난다면, 나는 불가능성 안에서 살 것이고, 나는 내 친구 없는 파리가 어떨지 차마 상상할 수도 없다.

나의 원망과 분노는 아무런 효과가 없다. 내 친구를 되찾을 기회를 얻기 위해서는 내 주변에 스스로 세워놓은 침묵을 부숴야 할 것이지만 나는 그럴 힘이 없고, 그렇게 빨리 변할 수 없고, 나는 부족하고, 절망에 빠져 있고, 말이 없고, 닫혀 있고, 나 스스로 한 약속에 충실하다. 내 친구는 떠나는 중이고, 나는 어떻게 그를 잡아야 할지 모른다.

알리스 P.는 임사체험을 한 날, 바로 전에 주입한 보톡스 때문에 자신이 느끼는 것을 표현하는 데 어려움을 겪는다. 어떠한 찡그림도, 웃음도, 표정도 나타나지 않고 그것들은 고통을 표현할 수 없다. 그녀의 얼굴은 절망적일 만큼 태연하고 경직되었고 매끄럽다. 그녀의 노력에도 불구하고, 자신이 느끼는 감정에 적당한 표정을 지을 수가 없다. 알리스 P.는 적절한 얼굴을 가지고 있지 않다.

내 친구는 이제 내게 연락하지 않는다. 나는 혼자서 뤽상부르 정원을 산책하고, 그가 나에게 했던 것처럼 스쳐 지나가는 사람들의 얼굴을 나 자신에게 묘사하려 하고, 거무스름한 눈꺼풀, 말린 입술 같은 단어들을 반복하지만, 내 입에서 이 표현들은 거짓말처럼 들리고 내가 애원하는 동시에 내가 잃어가는 중인 사람과 나를 가깝게 만들지도 않는다. 나는 도시를 떠돈다. 나는 나를 스치는, 혹은 건드리는 자들에게 무관심하다. 나는 불안했고 조심스러웠으며 경계를 늦추지 않았던, 이 낯선 도시 안에 첫 발걸음을 딛었던 시간을 그리워하는 지경에 이른다. 이제 바깥은 적대적이지 않지만 이 친숙함이 나를 짓누른다. 만약 내가 친구를 되찾지 못한다면 나는 몰래 울 것이고, 도시를 떠날 것이고, 도로를 따라 탐험되지 않은 땅을 찾을 것이고, 무관심에 수용할 것이고, 사랑하는 것을 멈출 것이다.

알리스 P.는 오빠와는 반대로 삶을 변화시키기 위해 뇌졸중을 이용하지 않았다. 의식의 신비를 탐험하고자 하는 자신의 욕망은 고스란히 남았고, 미래에 대한 믿음도 그대로이며, 그녀에게 항상 있었던, 자식 중 한 명을 잃을 것이라는 엄청난 공포는 잠잠해졌다. 죽음이 찾아오는데 그녀는 꽤 잘 감당하고, 다들 상실의 참사는 견딜 수 없는 것이라고 말하지만, 사실 사람들은 그것을 견뎌내고, 심지어는 우리가 믿는 것보다 더 잘 이겨낸다.

내 친구가 나에게 편지를 한 통 보낸다. 그의 안심시키는 말들에도 불구하고 나는 정말로 끝났다는 것을 이해한다. 내 친구가 나를 떠난다. "만약 네가 다시 돌아온다면 나는 기쁨과 사랑으로 너를 맞이할 것이다"라는 너그러운 겉모습 아래로 편지는 잔인하게 우리를 갈라놓고 자르고 뿌리를 뽑는다. 편지는 나를 죽은 자들의 세계로 보낸다. 편지는 내가 그곳에 머무르고 내 주위 사람들이 그곳에 고여 있도록 한 것에 대해 나를 비난한다. 편지는, 그 편지의 다정함은 비난적이다. 내가 머무는 이 차갑고 굳었고 얼어 있는 공간에서는 누구도 살 수 없다. 나는 이곳을 떠나야 한다. 나는 나아야 한다. 누군가, 내 친구가 연결된 줄을 자르고 나를 흔들고 나에게 호의를 베푼다는 듯이, 그가 마침내 산다는 것이라는 위험한 일의 연습 기회를 제공한다는 듯이, 나에게 반응하라고 요구한다. 그는 내가 위험을 감수해야 한다고 말한다.

나는 내 친구의 편지를 가지고 있다. 나는 그것을 바라보고 훑어보고 가끔은 다시 읽는다. 그는 관계를 끊지만, 너그럽게도 문을 열어둔다. 그는 나에게 신호를 보내고, 그는 미래를 생각한다. 만약 네가 벗어나기를 원하거나 그럴 수 있다면 나는 사랑으로 너를 기다릴 것이다, 라고 그가 말한다. 내가 나아지면, 나는 그의 옆으로 돌아갈 수 있을 것이다. 내가 더는 아프지 않을 때, 그가 나를 위로할 수 있을 것이다. 내가 더는 죽음에 사로잡혀 있지 않을 때, 그의 옆에 나를 위한 자리가 있을 것이다. 그의 부름은 대답 없이 머물러 있다. 뭐가 되었든 살아 있지 않다고 확언하는 누군가에게 뭐라고 답할 수 있단 말인가?

나는 내 친구의 편지를 버렸다고 생각했는데 다시 찾았다. 나는 이 편지를 되찾았다. 나는 이사 테이프가 붙여진 상자 안을 살펴봤고, 테이프를 뜯었고, 상자 안을 뒤졌다. 거기에는 내가 언급하지 않은, 각각의 운명을 가진 다른 친구들의 편지가 있었다. 나는 편지들을 꺼내 훑어보았고, 일화들을 발견했고, 누구에게 속한 것인지 더는 기억하지 못하는 이름들이 쓰인 것을 봤고, 잊힌 사건에 대한 암시를 읽었고, 1989년 12월 25일 누구에게 무슨 일이 있었는지를 알았고, 나는 쌓여가는 이 작은 이야기들과 나의 낯선 이야기에 기묘하게도 감동했다. 나는 나 자신이 낯설어졌다. 그리고 언젠가는 우리 모두가 그러듯이 이 방법을 통해 나의 침묵에서, 나의 성채에서 빠져나왔다.

알리스 P.는 오늘날까지도 자신의 비밀을 간직하고 있다. 그녀는 얼굴을 고치는 것과 거짓말하는 것에 대한 권리를 주장한다. 그녀는 거짓말을 절대로 하지 않는 척 하는 사람을 불신하는데, 그녀는 거짓말을 필요하고 피할 수 없고 유익한 것으로 생각한다. 가장 중요한 것은 거짓말을 하는 이유와 그것이 무엇을 위한 것이냐이다. 알리스 P.가 헛되이 죽지 않은 것은 확실하지만, 누구도 이 죽음이 그녀에게 어떤 도움이 되었는지는 알지 못할 수도 있다.

친구의 또렷한 글씨체를 기억한 덕분에 바로 알아보았던 편
지 봉투 안에, 그 편지가 있었다. 거기에 기록된 날짜는 놀라웠
다. 편지는 그다지 오래되지 않았고 이십 년 전이었을 뿐 더 옛
날은 아니었는데, 나는 이 편지를 더 오래된 것처럼 보고 있었
다. 나는 내 친구가 이 편지를 쓰기 위해 시간을 들였고 이 편
지를 쓰기 전부터 이를 은밀히 생각했다는 걸 이해했고, 그가
이 편지에 쓰인 단어들이 우리의 관계에 결정적인 결과를 가져
오리라는 걸 알았다는 것을, 그리고 이 편지를 보내기를 망설
였다는 걸 이해했다. 이 편지가 우리를 갈라놓았다. 내용 안에
끝에 대한 언급이 없었지만, 편지는 종점을 찍었다. 편지는 상
실을, 항상 똑같고 너무 고통스러워서 내가 마치 그것이 존재
한 적 없었다는 듯이 행동하는 상실을 연장했다. 나는 다시 한
번 그것을 무시했다. 그것을 부정했다. 나는 편지를 읽은 후 한
쪽에 두었고, 그에 대해 어떤 가능한 답장도 존재하지 않는다
고 생각했다. 누군가가 나에게 말할 것을 요구했지만 나는 그
럴 수가 없었다. 편지에는 이렇게 쓰여 있었다. "내가 너를 사
랑하기 위해서는 네가 살아가는 것을 봐야만 해. 일단 지금은
서로 생각할 시간을 갖자." 생각하고 싶지 않았다. 나는 정성스
럽게 편지를 넣어두었고 이에 대해 무슨 생각을 했는지 더는
기억하지 못하지만, 내가 넋이 나갔고 분노했고 슬펐던 것만은

기억한다. 나는 한 친구를 잃었다. 전에는 그랬던 적이 없었던 것처럼 멀어졌다. 나는 내 친구에게 심장을 열어 보일 수 없었고, 그가 질문하는 것들에 답할 수 없었고, 혹은 그것이 왜 그렇게 어려운지도 설명하지 못했다. 그를 다시 보지 못했다. 그에게 편지를 쓰지도 않았다. 이 편지를 다른 친구들의 편지가 담긴 상자에 내버려두었고 그것을 잊은 척했다. 나는 나 자신에게 거짓말을 했는데 이 상실을, 이 전과 이 다음에 일어났던 모든 상실을 마주하는 것이 불가능했기 때문이었다. 나는 불가능함을 축적했다. 쌓여가는 불가능함의 무게가 앞으로 나아가는 데 방해가 되었지만 나는 이를 무시하는 방법을 배웠다.

그 일이 있고 이십 년이 지난 후 편지를 다시 읽는다. 내가 했었을 말들이 따옴표 안에 적혀 있다. "나는 할 말이 없어, 내 안에는 아무것도 없어." 내가 언젠가 이 문장을 발음했단 말인가? 내가 이렇게 격렬하게도 나를 방어했던가? 만약 그랬다면 나는 그랬던 나를 불쌍하게 여기고, 나는 후회하고, 부끄럽고, 회한이 든다. 그리고 이 편지의 가정된 잔인함은 오늘날 제안으로, 기록으로, 신호로, 용서로 변한다. "나는 더는 그걸 감당할 수 없어, 너무 버거워, 노력해봤지만 더는 안 되겠어, 포기해야만 해." 편지에서 나를 아프게 찌르던 부분은 이제 덤덤하게 느껴진다. 내가 가혹하다고 생각했던 부분은 이제 온화해 보인다. 편지가 성격을 바꿨거나 혹은 내가, 바로 내가 변했을지도 모르고, 그 결과로 내가 편지를 읽는 것이 예전과는 같지 않다. 그렇다면 나는 이제 말할 수 있고, 그렇다면 상실의 고통을 어느 정도는 이겨낸 것이라고 생각한다.

나는 우리가, 내 친구와 내가 심각했다는 것과 내가 가벼움을 원했다는 것을 기억했다. 나는 내가 피하고 달리고 도망쳤다는 것과 내 달리기와 걸음의 불안한 격렬함이 진정되길 원했다는 것을 기억했다. 나는 내가 숨었고, 누군가가 나를 발견해주길 바랐다는 것을 기억했다. 나는 내가 질문들을 피했다는 것과 언젠가는 그것에 대답할 수 있기를 소망했다는 것을 기억했다. 나는 다른 사람들을 만났고, 다른 친구들을 사귀었다. 어떤 이들은 참을성이 더 많거나 더 관대하거나 더 무심하거나 더 정이 많았고 그렇지 않은 이들도 있었다. 한 사람 뒤에 다른 한 사람이, 그리고 가끔은 동시에 그들이 내 인생에 들어왔다. 그러고는 떠났다. 다른 이들도 왔고 그들도 떠날 것이다. 나는 그들 모두를 맞이한다. 시간이 흐르면서 나는 이 환대가 결정적이라는 것을 깨닫는다. 아주 격렬한 말싸움, 도주, 무시, 일시적인 부재와 영원한 실종 이후에도, 그들은 더는 나를 떠나지 않을 것이다. 그들은 그곳에, 나의 내부에 그들을 쫓아내기 위한 나의 시도보다 더 끈질기게 존재할 것이다. 나는 단호하게 종지부를 찍고 혹은 그들이 그렇게 하고, 나는 뽑아내고 혹은 그들이 뽑아내고, 나는 자르고, 그들이 자르고, 나는 파괴하고, 그들은 저항한다. 따라서 나는 그들 모두를 간직하고, 그들 모두를 받아들이는 것에, 그들에게 속하는 것에 동의한다.

〈〈〈

내가 수평으로 누울 때

그리고 손을 납작하게 펴서

몸의 양쪽에 두거나

가슴 위에서 십자로 포갤 때

뚜껑을 닫기 전

가족에게 그들을 보여줄 때

그러는 것처럼

그리고 내가 취한 자세 때문에

내가 결국 잠이 들고 말 때

그들이 온다

죽은 자들만 아니라

살아있는 자들 역시

사소하면서도 동시에 매우 복잡한 이유로

내가 더는 만나지 않는

그들 혹은 그녀들

옛날 친구들

사라진 자들

멀리 있는 자들

내가 극단적인 언쟁

그리고 해명을 함께 나눴던

혹은 언쟁도 해명도 없었던.

이는 결정적인 상실이지만

사실은 그렇게 결정적이지도 않다

왜냐면 그들은 다시 오기 때문이다

내가 자고 있을 때

그들은 나에게 말을 걸고

그들은 왜 그들이 화가 났는지 설명하고

혹은 내가 왜 내가 화가 났는지 설명하고

혹은 내가 왜 그들이 화가 났는지 설명하고

우리는 상황을 확실히 정리하고

그것은 위안이 된다.

한 친구와 사이가 틀어지면

우리는 마치 그가 죽은 것처럼 행동한다

적어도 나는

죽은 것과 산 것이

전혀 같지 않다고 믿는데도 불구하고.

한 친구와 사이가 틀어지면

우리는 그를 분열시키고

그를 흐트러트리고

그를 기체 유령으로 변신시킨다

이는 아무 생각도 하지 않는 데에 실용적이다.

가끔 그가 나타난다

누군가 그의 이름을 부른다

그의 실루엣이 우리 동네에서

은밀하게 드러난다

우리는 그를 피한다.

나중에 그가 다시 나타난다

밤에

유령과 같은 모습으로

그리고 우리는 결판을 짓는다

혹은 그를 사랑한다고 말한다

혹은 그를 사랑하지 않는다고 말한다

혹은 그를 사랑한 적이 없다고 말한다

혹은 그가 우리에게 그것을 말한다

뭐가 되었든 우리가 눈을 뜰 때면

문제의 친구는 사실 그곳에 있지 않았다는 것과

우리가 밤새도록 그의 입을 통해 말했다는 것을 깨닫는다.

한 친구와 사이가 틀어지면

한밤중에

우리는 그의 자리를

그의 목소리를

그의 미소를 차지하고

우리는 말하고 말하고 말하고

우리가 부족한 상태에 있는 것이 확실한데

우리에겐 설명이 부족하다.

어제도 그 일이 일어났다

내가 수평으로 있을 때

그가 내 꿈속에 나타났고

그는 아무 말도 하지 않고 나를 쳐다봤다

그리고 장황하게 나를 비난했는데

나는 본질을 이해할 수 없었고

그저 그가 화가 났다는 것과

이는 해결될 수 없다는 것만 알았다

따라서 나는 입을 다물고

어깨를 움츠리고

깨어나는 것이 나을 것이다

그것이 실제로 내가 한 것이다

그리고 나는 매우 괜찮아졌다.

가끔 나는 그에 대해서 듣지 않는 것이

그의 이름을 더는 알지 못하는 것이

그를 잊는 것이

더 나으리라 생각할 때가 있다.

하지만 수평으로 누워 있을 때

왜 그런지는 모르겠지만

아마도 호흡과

내려두기와

신비한 힘을 이유로

나는 그들이 다가오도록

나를 고통스럽게 만들도록

내 안을 파고들도록

내 고통을 이해하도록 내버려둔다

그들은 멀어지는

내 삶의 일부이다.

시간이 흐르면서 나는

그들을 붙잡지 않고

그들이 가고 싶은 곳으로
떠나도록 내버려두는 법을 배웠지만
밤에는
왜인지는 모르겠지만
나는 내가 배웠던 것을 잊어버리고
그래서 그들은 다시 찾아온다.

이는 거의 내 의지에
내 욕망에
내 평온함에 반하는 일이지만
어쩔 수 없다
나는 잠의 영역까지
제어할 방법을
아직 찾지 못했다.

하지만 나는 간청해서는 안 된다는 것과
이런 상황은 또 발생할 것이며
헤어짐은 피할 수 없고
필요하고
이롭다는 것
등등을
배웠는데

밤에

내가 수평으로 누워 있을 때는

나는 기억해야 했을 것을 잊어버리고

그래서 그들은 다시 찾아온다.

귀환

지금 그것들은 내 뒤에 있다. 나는 숨바꼭질을 하고, 내 집에 갇혀 있고, 죽은 자들로부터 고개를 돌리고, 입을 다물 나이가 지났다. 나는 숨겨져 있고, 볼 자격이 없는 것에게로 다가간다. 나는 보고싶다, 라고 말하지만 이 말은 내가 종종 특정한 광경을 회피하고 내부의 명령으로부터 도망가는 것을 막지는 못한다. 바라봐. 나는 도망간다. 나는 저항하지만 회피한다. 내가 너에게 보여줘야 할 것을 바라봐. 나는 슬그머니 고개를 돌린다. 나는 언저리로 한 발짝 물러난다.

나는 절개되고 부검된 사체들의 사진이 담긴 책을 바라본다. 그들은 엉겨 있고 끈적거리고 섞여서 진득하고 고통스러워 보이지만 완전히 알아보기 힘든 것은 아니다. 이 페이지에는 머리카락이 몇 가닥 남은 머리가 살이 붙어 있지 않은 척추 끝에 균형을 잃은 저울처럼 매달려 있다. 다른 페이지에서는 목격자들이 침대 시트 위에 누워 있는, 불에 그을린 기다란 실루엣을 관찰하고 있다. 그들의 얼굴에 나타난 표정을 판독하는 것은 어렵다. 이 불분명한 무더기 안에서 한 손이 마지막 포옹을 하듯 천 조각을 붙들고 있는 것을 발견했을 때야 비로소 우리 눈에 이 한 덩어리가 인간의 형상으로 보이고, 이 죽은 사람이 겪었을지도 모르는 이야기가 번뜩이기 시작하고, 머리를 어지럽게 만들고, 이를 떨쳐내기는 불가능해진다.

범죄 현장, 발굴, 사후 작용, 시체에 차례대로 나타나는 변화를 보여주는 이 모든 사진의 보고서는 마치 제안처럼 "앨범을 완성하십시오"라는 지시가 쓰인 하얀색 종이 묶음으로 끝이 난다. 나는 이 광택지 위에 나와 바깥 사이의 빈 곳을 떠도는, 살아있다기보다 죽은 것에 가까운 몸들을 열거하는 것이 적절하지 않은가 생각한다.

나는 그것들을 다시 보고 관찰하고 받아들일 필요가 있고, 나와 인간에 대한 나의 상식에 포함해야 할 필요가 있다. 나는 분해되는 중이며 이상한 자세를 취한 채 대충 꿰매진 이 시체들을, 흰 셔츠를 입은 사람들이 아마도 악취를 덮기 위한 그들만의 방책으로 담배를 피우며 검사하고 있는 이 시체들을 바라볼 수 있는 순간을 고른다. 이 행위가 초래할 혐오감과 공포를 견딜 수 있는 그 순간을. 첫 번째 페이지에서는 단번에 자세를 이해하기 어려운 시체가 팔이 들리고, 정면을 향하고, 옷으로 상체가 반쯤 가려진 채 나의 시선을 끈다. "시체는 사후경직으로 인해 매우 특별한 자세를 취한다." 글이 설명한다. 나는 이 설명문을, 그것이 여는 공허 혹은 미스터리를 조소한다. 그렇다. 우뚝 서서 죽어 있는 이 시체가 특별한 무언가를 갖고 있는 것은 확실하다. 너무 특별한 나머지 이 이미지를 계속 보는 것이 힘들어지고 고개를 돌리지 않을 수 없을 정도다. 나는 고집스럽게 저항하면서 각각의 세부를 유심히 살펴보고 이곳에 사진으로 찍힌 실루엣 전체를 가늠해보려고 해보지만 소용이 없다. 뒤죽박죽된 옷으로 일부가 가려진 물컹거리는 덩어리로부터 인간의, 남자 혹은 여자의 평범하면서도 독특한 특징을 다시 구성하는 것은 불가능하다.

이어지는 이미지. 모래가 깔리고 성긴 잡초로 덮인 바닥 위에 살짝 둥그스름한 형태가 놓여 있다. 이는 머리에 해당한다. 우리는 귀, 머리카락 그리고 최후의 잠을 청하기 위해 베개 쪽으로 파묻은 것처럼 바닥으로 향한 이마를 알아볼 수 있다. 빛이 뒤쪽에서 뒷덜미를 비춘다. 짧게 절단된 목은 식별 불가능한 어두운색 무더기로 흩어져 있는 나머지로부터 부분적으로 떨어져 나온, 섬유질의 불규칙한 물질로 연장되어 있다. 머리

끝부분의 이 조직은 그가 머리를 뽑아내려고 한 누군가에게 거세게 저항하며 맞섰다는 것을 의미하는 것 같다. 설명문은 각성시키고, 안심시키고, 시선을 이동하게 하고, 살과 살의 부패 사이의 뗄 수 없는 관계를 상기시킨다. "부패 과정에서 타나토파주 벌레 여러 종이 차례대로 도착해 시체를 분해하여 결국에는 해골과 몇백 개의 빈 껍질만 남는다." 나는 상상력이 실제보다 훨씬 더 폭력적인 이유를, 최후의 순간에 시신이 주고받았거나 겪어야 했던 행위를 상상력이 지어낸다는 것을 깨닫는다. 만약 설명문을 믿는다면 이는 자연과 자연 속의 썩은 고기를 먹는 무리에 의해 시행된 청소의 더딘 과정에 불과할 텐데 말이다. 설명문은 이 시체가 왜 이곳에서, 이 황량하고 조금은 적대적이기도 한 풍경 안에서 발견되었는지에 대해 아무런 언급도 하지 않는다. 그보다는 모든 시체가 자연의 한 구성물이자 매개물이고, 미미한 생물의 식량이자 횡재, 촉진제라는 사실을 상기시키는 것의 좋은 점을 설파한다. 따라서 우리는 사실과 숫자, 고통받고 죽어가는 시신들에 대한 직접적인 이해로 돌아와야 한다. 혐오감을 받아들이며 죽은 자들을 상상하는 대신에 직시해야 하고, 더는 도망쳐서는 안 된다.

나는 집으로 돌아갈 것이고, 그곳에서 마지막으로 잠시 머무를 것이고, 지금은 내 꿈속에서 비물질적인 질감을 띄고 있지만 전에는 그곳에서 가까이하던 사람들을 다시 만날 것이다. 나는 내가 일상적으로 가로질렀던 순서에 따라 방에서 방을 돌아다닐 것이다. 부부방과 아이들방, 부엌에 연결된 거실, 나의 부모가 간직했고 아직도 그들의 부엌에 놓여 있는 자작나무 가구들 그리고 그들의 서랍장 중 나에게 정식으로 지정되었던 서랍 하나, 내 부모가 급작스럽게 사망한 경우에 내가 뒤져야 할 것인, 아마도 계약서, 계좌번호, 보험, 유언장, 이제는 나 혼자 수혜자가 될 모든 유산이 들어 있는 서랍을 훑을 것이다.

서랍은 급작스러운 죽음이 가족에게 미칠 무질서 가운데 하나의 예시나 신호 혹은 징후에 불과하다. 나는 그에 대해 생각할 때면 자살한 모든 사람들과, 자기 삶에 마침표를 찍음으로써 가까운 이들을 영원토록 혼란스럽게 만드는 그들의 방식이 원망스럽다. 그들이 심지어 자신의 행동이 초래할 엄청나고 돌이킬 수 없는 결과를 상상하면서 간악한 즐거움을 느끼지는 않았는지 나 스스로에게 묻기까지 한다. 결국 그들의 모든 권력은 바로 거기서 나오며 그들은 최대한의 효과를 얻기 위한 수단에 인색하지 않다.

자살한 이들은 테러리스트다. 그들은 우리를 인질로 잡고, 우리의 무력한 시선 아래서 머리를 폭발시킨다든가, 수면제 한 통을 통째로 집어삼킨다든가 하는 위험을 가한다. 우리는 아프다는 이유로 그들을 용서하지만, 만약 우리가 그들에게 화를 낸다면 우리는 그들의 지배로부터, 그들이 우리에게 가하는 엄청난 압력으로부터 벗어날 수 있을지도 모른다. 그들의 궁극적인 쾌락은 집 안 대들보에 목 매기, 친한 친구의 수영장에서 둥둥 떠다니기, 부모님 집의 욕조에서 손목 긋기, 몇 시간 동안 교통을 정체시키기 위해 지하철 선로에 뛰어들기 등 자신의 결말을 연출하는 것으로 구성된다. 어쩌면 그들은 자신의 고통에 혼미해져서 자기가 남기는 것들에 대해서는 생각하지 않을 수도 있다. 어쩌면 그들은 최후의 다이빙 전에 지나간 삶의 몇몇 행복했던 일화들만을 플래시백으로 다시 기억해내고,

그럼으로써 평안의 본질적인 순간을 자신에게 허락하려는 것일 수도 있다. 그것도 아니라면 그들은 최후의 순간에 돌이킬 수 없는 선택을 후회하지 않기 위해서 마지막 몇 분의 어렴풋한 기억이 완전히 절망적이지 않기를 선호하는 것일 수도 있다.

영화에서 등장인물이 자동차 사고, 지진, 눈사태, 동맥 파열, 심근경색, 급성 전염병, 맹수의 공격으로 죽음을 맞이할 때면, 대개 그들에게는 죽기 바로 전 자기 삶 전체를 빠른 속도로 기억해내는 시간이 있다. 이 강렬한 감정의 순간은 극단적인 속도로 진행된다. 하지만 살아있고 급작스러운 끝의 불안으로부터 일시적으로 자유로운 나는, 여유를 가지고 느림의 잔인한 감미로움을 선택하고, 과거에는 미처 탐험할 시간이 없었던 깊숙한 곳과 굴곡으로 들어가고, 내 주변을 구성하던 세 개의 실루엣이 우주에 동일하고 한결같은 빛을 비추는 항성이라고 믿던 시기를 울적한 희열을 느끼며 다시 생각하고, 귀환, 반복, 지속의 엄청난 기쁨에 자신을 맡기고, 이별들을 겪기 전에 내가 어떤 상태였는지를 재현하는데, 나는 나를 이방인으로 기억한다.

수업이 있던 주가 끝나고, 나는 기차를 타고 파리를 떠난다. 창문 밖으로 도시가 펼쳐지고 흩어지는 것을 바라본다. 주위 풍경이 미세하게 변한다. 기와지붕이 아연 지붕의 뒤를 잇고, 창고와 자갈 채취장, 묘지가 금수탑에 의해 지워진다. 겨울이고, 도시 정원이 황무지를 번갈아 잇고, 잡초가 경사지에 무성하고, 나는 집으로 간다. 역에서 내린 다음 마을에 도착하기까지 한동안 걷는다. 나는 도로를 따라 오른 다음, 구 시청 옆으로 나 있는 철문을 미는 대신에 뒤로 간다. 정원에는 땅거미가 내려앉고, 울타리의 윤곽선은 우중충함 속으로 사라지고, 돌담의 무늬는 더 진해진다. 나는 계단에 잠깐 앉아 있다. 유리문에 등을 기댄 채 시골의 풍경을 정면으로 바라본다. 춥지 않다. 헐벗은 커다란 벚꽃나무가 어둠 속으로 펼쳐진 손을 내민다.

어떠한 위협도 나를 짓누르지 않는다. 바로 앞에 보이는 언덕은 평화롭다. 친숙한 바람이 왼쪽으로 솟아 있는 가냘픈 세 그루의 소나무를 흔든다. 아래쪽 담장 너머로는 하천 소리가 들린다. 밤이 오면 소리는 집결되고, 강렬해지며, 과도하고 수상적을 만큼 거세진다. 하천은 급류가 되고, 강이 되고, 대양이 된다. 하지만 밤은 아직 오지 않았다. 자연은 기둥, 말뚝, 울타리, 들판, 기슭, 경작지의 고랑이 그리는 경계 안에서 제한적으로 머문다.

나는 하천 건너편에 이미 가본 적이 있다는 것을, 앞에 보이는 언덕을 올라서 숲속에 갔던 것을 기억한다. 그때 나는 어렸고 술래잡기를 하는 중이었는데, 이 게임은 진짜 삶이 시작되기 전의 리허설처럼 고통스러우면서도 필요한 연습이다. 나는 집 안에 숨는 대신 밖으로 달려 나가 돌담을 성큼 넘고, 이웃의 벌판을 깡충깡충 뛰어다니고, 하천 쪽으로 달리면서 뒤를 돌아보지 않는다. 나는 키가 자란 풀숲에 숨은 채, 언니가 현관 앞 계단에서 집 주변을 탐색하고 추격에 돌입하게 할 만한 미세한 움직임을 유심히 관찰하는 것을 지켜본다. 그녀는 안달하지 않고, 오히려 미소짓는다. 그녀는 흔적을 찾는다. 위치가 바뀐 자갈, 내 무게 밑에서 납작해진 풀대, 다양한 자국들. 내 운동화 밑창 자국이 둑으로 내려가는 진흙 위에 찍혀 있다. 나는 그녀가 내 쪽으로 다가오는 소리를 듣는다. 나는 풀숲을 기어서 물속에 잠긴다. 나는 도망가야 한다. 나는 희생자이고 먹잇 감이고, 그녀는 술래다. 이는 반복되는 놀이이고, 그 덕에 나는 그녀에게서 분리되는 법을, 그녀의 그림자 안으로 흘러 들어가 지 않는 법을, 그녀를 두려워하고 피하는 법을 배운다. 나는 모 든 도망자가 다른 편으로 건너가야 한다는 것을 알고 있다. 하 지만 나는 그럴 수가 없는데, 어른들이 이를 금지했기 때문이 다. 그들은 정원 안쪽에서 끝나는, 닫힌 구역을 정했다. 놀이의 공간과 낯선 땅 사이에는 선명하고도 자연스러운 국경이 존재 한다.

나는 부동자세로 있고, 그녀는 다가온다. 그녀가 더 가까워 진다. 전에 그런 적이 없었던 것처럼 가깝다. 이처럼 가까이에 서 느껴지는데도 그녀를 부를 수 없다는 것은 가혹한 일이다. 나는 모든 풍경이 나를 감싸고 언니의 상실과 우리의 말 없는 대립을 위로하는 것을 듣는다. 현실에서 우리 사이의 거리가 좁아질수록 내 머릿속에서 이 거리는 커진다. 놀이에서 우리 는 각각 다른 편에 있다. 나는 숨을 들이마시고, 하천에 머리를 집어넣고, 수영을 한다. 옷이 피부에 들러붙는다. 신발이 무겁 다. 나는 물살에 휩쓸린다. 습기 때문에 사지가 뻣뻣하고 공기 가 부족하다. 나는 다시 수면으로 올라가고, 그녀의 어두운 실 루엣이 초록색 벌판에서 뚜렷하게 드러나는 것을 보고, 그녀 가 내게 신호를 보내고 있다는 느낌을 받는다. 나는 함정에 빠지지 않을 것이고, 그녀는 술래고, 나는 그녀의 먹잇감이고, 나는 표류하고, 젖었고, 날씨는 따뜻하고, 나는 가지 하나를 움켜잡고, 물살에서 벗어나고, 기슭에 눕고, 숨을 가다듬고, 몸을 떨고, 서쪽 비탈을 오르고, 밑으로 우리 집이 보이고, 그것은 점점 더 작아지고, 언니 역시 줄어들고, 흐릿해지고, 그녀의 이미지가 너울거린다. 나는 이 거리에서 그녀가 속도를 늦추어 걷고 있다는 인상을 받는다. 그녀의 시선의 강도가 약해졌고, 그녀의 부르는 목소리가 희미해지고, 그녀의 키가 작아진다. 그녀는 위험하지 않게 된다. 그리고 멀어진다.

그 이후 나는 언덕 위의 숲속에 있고, 빈터를 찾고, 가시덤불로 뒤덮인 오솔길을 비틀거리며 걷고, 옷은 진흙 범벅에, 신발 한 짝은 사라졌고, 다리를 절뚝거리고, 다리와 팔에는 긁힌 상처가 있고, 점점 더 추워지고, 토끼 한 마리가 내 앞에서 폴짝거리고, 노루 한 마리가 나무 사이에서 바스락거리고, 박쥐가 파닥거리면서 내 길을 가로막는데, 나는 숲의 주민들을 방해하고 있고, 그들은 그들의 언어로 나에게 그 사실을 말하고 있고, 나는 무작정 앞으로 나아가고, 고함, 윙윙거림, 탄성, 까마귀가 까악대는 소리, 소의 울음소리가 나를 덮고, 나를 감싸고, 나는 어린아이고, 나는 나의 유일한 지표를 잃어버렸다.

나는 야행성 동물들에 둘러싸인 채 축축한 땅 위에서 잠이

든다. 언니는 나를 찾으러 오지 않았거나 혹은 나를 찾지 못했다. 나는 실망했다. 화가 난다. 얼이 빠지기도 한다. 다른 이들이 나와서 나를 잡을 수도 있을 것이다. 나는 움직임과 호출의 무늬가 새겨진 어둠을 유심히 관찰하며 오랫동안 깨어 있다. 아무도 나를 데리러 오지 않을 것이다. 나는 길을 다시 돌아가서, 나 자신의 흔적에 의지하고, 순찰대와 부족, 잘못된 만남, 떠도는 자들, 수상한 개인들을 피해야 한다. 마을 초입의 가로등은 켜져 있고, 나는 길을 찾기 위해 가로등이 밝히는 불빛을 이용한다. 내가 그녀를 발견했다고 믿은 순간과 그 후에 그녀가 나무 사이로 사라지는 순간이 찾아오기도 한다. 결국 집에 도착했을 때 나의 부모는 문턱에서 안절부절못하며 나를 기다리고 있었고, 도대체 어디 있었니, 우리가 얼마나 찾았는데, 나는 방 안에 갇혀 외출 금지를 당하고, 아이들방, 두 소녀를 위한 방, 우리가 함께 잠을 자던 방, 그녀의 빈 침대가 있는 방, 왜 그녀의 침대가 비어 있나, 그녀가 몇 달 전부터 나갔다는 것을, 집을 떠났다는 것을 나는 어떻게 잊어버릴 수가 있나, 그녀는 놀이의 끝을, 혹은 내가 더 클 때까지, 혹은 내가 독립적으로 될 때까지, 혹은 내가 혼자서 헤쳐나갈 수 있을 때까지, 혹은 내가 더는 그녀를 필요로 하지 않을 때까지, 혹은 그녀를 덜 사랑할 때까지 기다리지조차 않았고, 아니, 그녀는 예전에 떠났고, 그녀는 애인을, 친구들을, 다른 가족을 찾았고, 이는 영원한 유기다.

프레데리크 K.는 응급외래진료를 다수 수행하면서 주택, 아파트, 일터, 호텔 방, 대기실, 술집, 길거리에서 소생술이 필요한 사람들이 있는 곳으로 출동했고, 쇄석도로에서, 술판이 벌어진 곳에서, 간이침대에서, 소파와 낮은 테이블 사이에서, 식사 도중에, 엘리베이터 안에서, 기관실에서 환자들을 치료했고, 또한 전깃줄에 달라붙은 채 감전된 직원을 구하러 프랑스전력공사의 발전소 안에, 창고 안에, 위험하고 의심쩍고 사적인 공간들에 들어가기도 했는데, 응급처치전문의라는 직업 덕분에 그는 사회의 모든 계층과 모든 종류의 공간을 여행하게 되었다.

나는 기억들로부터 자유로워지기 위해 유리문에 등을 기댄 채 시선이 시골 풍경을 떠돌도록 내버려둔다. 언니가 떠난 이후로 나는 다른 방식으로 살았고, 공백을 채우기 위한 조치를 취했고, 지역을 옮겼고, 이제는 파리의 작은 아파트에서 살고 있고, 대학생이 되었고, 친구들이 생겼다. 나는 언니의 애인만큼이나 언니를 자주 보지 않는다. 그들은 내 마음에 들지 않는다. 그들은 함께 내 마음에 들지 않는다. 나는 그가 먹은 나이, 그의 미소, 그가 피우는 파이프 담배, 그의 머리카락이 듬성듬성한 이마, 그가 풍기는 교활한 분위기를 좋아하지 않는다. 나는 그가 가지는 중요성, 그녀가 그에게 부과한 권력, 그가 그녀에게 미치는 지배력 때문에 그를 원망한다. 그녀는 더는 우리를 보러오지 않는다. 그녀는 말이 없어졌다. 그녀는 학업을 중단했다. 휴가를 냈다. 두 번째 휴가. 그리고 세 번째 휴가. 그녀는 더는 책을 읽지 못한다. 그녀는 말랐다. 창백하다. 그녀는 더는 머리를 손질하지 않는다. 넓적하게 곪은 피부 껍질이 그녀의 등에 척추를 타고 생겨났다. 그녀는 그것을 치료하지 않는다. 긁는다. 그녀가 거의 몰래 집에 올 때면, 그녀는 셔츠를 벗고, 엄마는 크림을 발라준다. 그녀는 점점 허약해진다. 틀어박힌다. 자신을 소진한다. 사라진다. 그녀는 사로잡혔다. 기진맥진해한다. 힘이 없다. 무엇인가 그녀를 갉아먹는다. 무엇인가 그녀를 지배한다. 그녀는 더는 그녀가 아니다. 나는 이에 무관심하다. 나는 복수한다.

프레데리크 K.는 응급처치 임무를 좋아했다. 구급차에 올라타고, 회전 경광등을 작동시키고, 미지의 세계로 떠나고, 열에 들뜨거나 차갑거나 축축한 손을 잡고, 안심시킬 수 있는 말을 속삭이고, 가능한 한 신속하게 생각하고, 사색하고, 추론하지만, 자신이 가진 모든 지식을 동원하기 위해 명료한 의식의 상태에 있는지는 절대 확신할 수 없고, 이것은 자신을 던져 뛰어든 도전이고, 위험하면서도 자극적인 실습이다.

현관문으로 들어가려고 집을 한 바퀴 도는데, 우리 집과 이웃집을 나누는 좁은 길로 들어가려는 순간, 작고 호리호리하고 희미하고 불확실하고 친숙한 그림자 하나가 마당에서 윤곽을 드러낸다. 나는 이 그림자의 비밀을 파헤치려고 하는데, 그것은 매우 연약해서 거의 쓰러지기 일보 직전처럼 보인다. 그림자는 은밀하고 고독하고 조용하고, 나는 멈춰서 그것의 윤곽을 유심히 살펴본다. 그것은 느린 동시에 불안한, 조금 이상한 몸짓을 하고, 그것은 대문을 지나오는 길이고, 그것은 따라서 열쇠를 가지고 있고, 그것은 현관문 쪽으로 향하고, 나는 그것이 나를 봤는지 알지 못하고, 나는 손으로 신호를 보내고, 그림자는 멈추어 선다. 내가 그녀를 알아본 것은 바로 그때다.

프레데리크 K.가 환자를 구하려고 현장에 도착했을 때, 대부분의 경우 그들은 이미 죽어 있다. 그럼에도 프리데리크 K.는 그가 담당한 무기력한 몸에 전극을 부착하고, 제세동기를 작동시키면서 고군분투한다. 그의 이 기술적인 행동은 환자를 구하려는 것이 아니라, 연극에서처럼 환자의 가족을 속이기 위한 것이다. 상황이 전혀 절망적이지 않고, 구조대를 부른 것이 옳은 결정이었다는 걸 그들에게 보여주기 위한 것이다.

나는 정원에 있는 실루엣의 수수께끼를 풀려고 하는 대신 그녀를 피하려고 한다. 나는 숲속에, 빈방에, 하천 기슭에 있는 나를 다시 보고, 나는 다른 것을 생각하고, 나는 도망가고, 나는 파리를, 뤽상부르 정원을, 비에브르가와 페르아물랭가를,

무프타르가와 라세페드가를 산책하고, 나는 집에서 멀고, 나는 가족들을 무시하기 위해 이 기회를 이용하고, 나는 다른 얼굴들을 바라보고, 그들은 내 모든 관심을 빼앗고, 나는 그들의 아름다움이 마치 재생력이 있는 피인 것처럼 마시고, 내가 그들의 피를 빨아먹는 것이 그들을 피곤하게 만든다는 것을 깨닫지는 못한다.

작은 실루엣이 내 쪽으로 다가와 나를 스친다. 그녀는 너무도 가냘픈 나머지 내가 어깨 한쪽으로 밀어 넘어뜨릴 수 있을 정도이고, 너무나 불확실한 나머지 내가 숨을 불면 꺼져버릴 것 같다. 나는 자제한다. 나는 내 새로운 힘을, 내가 친구들과 도시의 문을 지나다니면서 얻은 힘을 다스리려고 노력하고, 이제는 무의미해졌지만 과거에는 내가 도취했던, 실루엣과 나를 잇는 관계를 되찾으려고 한다.

실루엣은 현관 앞에 멈춰서 내 쪽으로 몸을 돌린다. 마당에 주황색 빛을 비추는 전등이 있는데도 그녀의 얼굴은 어렴풋해서 윤곽을 구별하기가 어렵고 표정은 더욱더 알아보기가 힘들다. 밤이 오고 있다. 이때는 외부의 소리가 커지고, 어둠에 대항하는 상상력의 저항력이 약해지며, 그림자들의 불분명한 세계, 예전에는 사랑받았지만 이제는 유령이 되어버린 사람이 있는 세계로 가기 위해, 자신의 윤곽, 물질성, 무게를 잃는 것이 가능해진다.

실루엣이 넘어질 것이고, 나는 이를 확신하고, 그녀는 비틀거
릴 것이고, 그녀의 추락은 조용히 진행될 것이고, 그녀는 포석
이 깔린 마당으로 미끄러질 것이고, 그녀의 몸은 부딪혀서 틈
사이로 부드럽게 흩어질 것이고, 그것은 내 발치에서 평화롭게
숨을 거둘 것이고, 나는 이에 대응할 어떠한 방법도 없을 터인
데, 이것이 가능한 결말이고, 그녀가 나에게 보내는 신호고, 그
녀가 나에게 하는 요구고, 그녀가 나에게 가하는 협박인데, 나
는 실루엣이 저녁에 도로와 마을을 가로질러 우리가 함께 살
던 집까지 온다는 것으로부터 나에게 무언가 할 말이 있다는
것을, 나에게 최후의 신호를 보내고 있다는 것을 깨닫는다.

프레데리크 K.는 그가 헛되이 구하려고 했던 사람들의 얼굴
을 거의 잊어버렸다. 하지만 그가 기억하고 있는 특별한 경험
이 있는데, 그때 그는 살페트리에르 병원의 정신과에서 실습
을 하고 있었고, 환자 한 명과 건물 뒤편에 있는 커다란 공원
으로 동행하라는 지시를 받았고, 그는 그녀를 찾으러 마당으
로 나갔고, 그녀는 그곳에 앉아 있었고, 그는 그녀 옆에 앉았
고, 그는 그녀에게 말을 걸어보려고 했고, 그녀는 아무런 대
답 없이 그에게로 몸을 돌렸고, 그는 자기 가슴이 무겁게 짓
눌리는 것을 느꼈고, 그가 이전에는 느껴보지 못한 산다는

것의 아픔과 참을 수 없는 고통이 단 한 순간에 그에게로 전달되었고, 그것은 그가 겪어봤던 육체적인 아픔보다 천 배는 더 고통스러웠고, 이 여자는 우울함에 너무나도 깊이 빠져 있는 나머지, 어떠한 인간적인 존재도 그녀에게 위안을 가져다주지 못할 것이었다. 프레데리크 K.는 자신이 미숙하고, 쓸모없고, 바보처럼 느껴졌다.

우리는 집으로 들어간다. 어둡다. 부모는 아직 돌아오지 않았다. 나는 그림자 같은 실루엣이 형체를 가지도록, 그의 점진적인 소멸을 마침내 억제하기 위해 불을 켠다. 아무 일도 일어나지 않는다. 실루엣은 실루엣으로 남아 여전히 가볍고, 바람의 움직임처럼 비물질적이며 잡을 수 없다. 나는 소파에 앉고 그녀도 내 옆에 앉는다. 나는 이 접촉이, 더는 익숙하지 않고 나를 불편하게 만드는 이 간격이 싫다. 나는 일어나서 방안을 걷는다. 우리는 아무 말도 하지 않는다. 실루엣은 그녀의 머리에 비해 너무 커다란 눈으로, 너무 커다랗게 뜨고 있어서 눈구멍을 쓰리게 하고 마비 상태의 연약하고 간헐적인 몸 밖으로 튀어나올 것 같은 눈으로 나를 바라본다. 실루엣의 몸이 쓰러졌다. 시선의 강렬함이 남아 있던 모든 에너지를 소모했고, 육체를 불살랐다. 그녀는 작다. 그녀는 창백하다. 그녀는 말랐다. 그녀의 얇은 입술은 회색빛이 돌고 터져 있다. 손톱은 갉아먹혔다. 얇은 손가락은 집요한 이빨로 씹히고, 물려서 상처가 났다. 나는 이렇게 함으로써 그녀를 바라보지 않을 수 있는 것처럼, 내 시선이 그녀 위에 머물지 않고 미끄러지도록 내버려둔다. 나는 나를 불편하게 만드는 모든 것들을 보려고 하지 않는다. 나는 안심한다. 나는 위로한다. 나는 저렇지 않다. 나는 저렇게 되지 않을 것이다. 나는 절대로 저렇게 되지 않을 것이다. 나는 아마도 절대 저렇게 되지 않을 것이다.

프레데리크 K.에게 아픈 사람은 처리해야 할 일이고, 해결해야 할 문제고, 이해해야 할 숫자다. 그는 직업의 수행에 뒤따를 수도 있는 감정과 영향으로부터 자신을 방어한다. 그는 산 것으로부터 죽은 것을 절단하고 분리하고, 만약 필요하다면 환자의 죽음을 덜 고통스럽게 하기 위해 약품을 투약할 준비가 되어 있다. 치료한다는 것은 삶을 신성화하는 것이 아니라 단지 이를 받아들일 수 있을 만한 것으로 만드는 것이다.

실루엣이 떨린다. 나는 입을 다문다. 나는 무슨 말을 해야 할지 모른다. 내 삶은 지금 매우 멀다. 오래된 회한이 수면 위로 떠오르고, 나를 혼란스럽게 하고, 놀라게 한다. 나는 이에 대해 아무것도 할 수가 없고, 실루엣은 그녀인 모든 것을, 그녀였던 모든 것을, 나였던 모든 것을 그녀 안에 가지고 있고, 실루엣은 내 것이기도 하다. 나는 그녀가 나를 흡입하고, 그 안에 거주하기 위해 내 육체를 빼앗는 방식에 저항한다. 나는 그녀에게 저항한다. 그녀가 뿜어내고 생성하는 끔찍한 슬픔에 대해. 나는 우리가 우리 자신으로부터 유래하지 않은 이미지, 외부의 이미지에 몰입할 수 있도록 텔레비전을 켠다. 화면의 푸른 빛이 실루엣의 얼굴에 비쳐 움직인다. 나는 염탐한다. 나는 끔찍한 무표정을 가진 이 얼굴 안에서 내가 봐야 할 것을 찾으려고 한다. 나는 정원으로 난 유리문을 열고, 하천 쪽으로 달리고, 그곳에서 잠시 헤엄을 치고, 물살에 쓸리고, 두꺼운 가지를 잡고 그곳에서 나와서, 언덕에 올라가고, 숲에 가닿고, 나무 밑에서 걷고, 아무도, 실루엣도, 언니도, 부모 혹은 친구들도 나를 찾지 않는다면 어떻게 될지 생각하지 않은 채, 충만하고, 자유롭고, 행복하게 떠돌고 싶다.

지금 창문은 완전히 어두워졌다. 바깥 풍경을 하나도 여과시키지 않은 창문에 우리가 비친다. 우리는 그 침투할 수 없는 틀 안에서 소파, 텔레비전, 그리고 파란빛이 나오는 마법의 상자 쪽을 향해 나란히 앉아 있는 우리 두 개의 몸을 본다. 그때 그녀가 말한다. 나는 그녀의 망설이는 듯하면서도 깊은 목소리에 놀라고, 이처럼 파리한 몸에서 어떻게 목소리가 나올 수 있는지 자문한다. 그것은 목소리가 나오는 몸에서 분리된 것 같은 목소리다. 연약하고 점점 사라져가는 실루엣은 복화술사처럼 거친 목소리를 낸다. 그녀는 마치 장기이식을 한 것처럼 그녀의 것이 아닌 섬유질, 인대, 후두, 인후, 성문, 입천장, 혀, 입을 빌린 것 같다. 이것은 언니의 목소리, 친숙한 목소리가 아니고, 이것은 환경, 사건, 미지의 충격에 의해 변화된 목소리이고, 이것은 터널, 저장소, 지하의 출구에서처럼 증대된다. 텔레비전의 대화가 그것을 덮어버리기 때문에 이를 듣기 위해서는 귀를 기울여야 한다. 그녀는 비밀스럽고 억압된, 하지만 애원하는 것 같은 신호를 보낸다. 나는 텔레비전 소리를 키우고 고립된다. 목소리는 끈질기다. 목소리는 푸념 혹은 요구를 계속한다. 그녀가 빌린 몸은 무표정하고, 어떠한 숨결 혹은 입술의 움직임도 그것에 생기를 불어넣지 못한다. 이 목소리의 질감에는 지하실의 냉기가 서려 있다. 나는 관절이 꺾이는 마리오네트, 박해당한 인형들이 그들의 주인을 벌주기 위해 소생하는 호러 영화를 생각한다. 나는 동정에 무심하다. 나는 웃고 싶다.

프레데리크 K.는 젊은 환자 한 명이 밤중에 죽은 날을 기억하는데, 그는 수술실에 있었고, 장기 이송 전문가들이 마치 특공대처럼 헬리콥터로 날아서 병원에 도착했고, 번개의 속도로 환자의 심장을 꺼냈고, 병에 장기를 담았고, 내장을 들어내고 몸이 절개된 환자를 남겨두고 바로 떠났고, 수술실에 있던 프레데리크 K.는 마치 폭력적인 불법 침입을 목격한 것처럼 넋이 나갔다. 그는 내장을 다시 환자의 뱃속에 넣었고, 그것을 함께 봉합했다.

목소리는 바로 낙담하지 않는다. 그것은 묻고, 주의를 분산시키고, 나의 학업에 대해, 친구들에 대해, 도시에서 내가 주로 다니는 길에 대해 질문한다. 나는 마지못해 대답한다. 나는 인형을 생각하고, 인형의 입이 열리고, 그것은 말하는 대신 묻다. 나는 복화술사를 믿지 않는다. 그들은 연약했다가 공격적으로 변하고, 애원했다가 잔인한 공격을 할 수도 있다. 나는 고통받지 않으려고 끊었던 관계의 흐름을 다시 복구하고 싶지는 않다. 나는 연민이, 다시 잡히고 다시 버려질 것이라는 불안이 나를 휩쓸도록 내버려두고 싶지 않다. 나는 거리를 둔다. 위험하고 우울한 실루엣은 그녀의 최면적인 상태에도 불구하고 나를 다시 잡아서 길가에다 버려둘 수 있을 것이다. 하지만 이번에는 내가 더 강하다. 나는 더는 충족할 수 없는 욕망에 나를 양보하지 않을 것이다. 나는 이를 맹세했다.

소파 맞은편에 있는 텔레비전의 이미지 속에서 무엇인가가 마구 날뛰었고, 곧 스포츠카에 탄 악당이 경찰에 쫓긴다. 타이어 바퀴가 마찰음을 내고, 적들이 대면하고, 그들 사이로 자동차 문이 서로 닿고, 그들은 요란하게 엔진소리를 내고, 서로 겁을 주고, 속도를 높이고, U자형 커브 도로에서 트럭을 가로지르고, 비스듬히 길을 타고, 차가 다닐 수 없는 경사진 길에 다시 나타났다가, 도로의 다리 위로 뛰어오르고, 제동장치를 아무렇게나 다루고, 이는 악당이, 겁에 질린 눈이 클로즈업된 악당이 그의 자동차를 제어할 수 없을 때까지 계속된다. 그는 이제 수직의 국도 위에서 그의 차를 향해 전속력으로 내던져진 거대한 세미 트레일러를 피할 수 없을 것이다. 충격은 끔찍하다. 악당의 자동차는 도로 위에서 두 부분으로 박살이 난 채 아름다운 정물처럼 놓여 있다. 나는 카메라가 자동차의 골격에 천천히 다가가서 깨진 유리창을 보여주려고 할 때 텔레비전을 끈다. 나는 실루엣 쪽으로 몸을 돌린다. 그녀가 나와의 만남을 위해 언덕, 마을, 그리고 들판을 가로질러 왔기 때문에, 나는 더도 덜도 말고, 오직 단 하루의 저녁 동안 그녀와 관계 맺는 것을 받아들이기로 한다. 나는 경계를 설정하고, 그것을 정의하고, 그것이 어디에서 끝나는지 명확하게 한다.

프레데리크 K.는 가끔 뇌사 상태에 있는 환자들의 장기를 들어내기 전에 그들에게 진통제를 투여하는 일을 담당했는데, 그는 마치 그들의 혹은 자신의 마비 상태가 절대적이지 않을까봐 두려워하는 것처럼, 그 일을 수행하는 동안 곧 신체가 절개될 환자들에게 말을 걸거나 그들의 이마를 가볍게 쓰다듬을 때가 있었다.

실루엣은, 그녀의 목소리, 얼굴, 행동, 표정은 텔레비전의 사건 때문에 변화된 것처럼 보이지 않는다. 마치 외부의 무엇도 그녀에게 닿을 수 없는 것 같다. 그녀는 모든 잎맥이 보이는, 단번에 찢을 수 있을 것 같은 나뭇잎처럼 연약하게 내 옆에 앉아 있다. 그녀는 나에게 집을 둘러보고, 알고 있는 방들을 살펴보라고 하고, 나는 고개를 끄덕여서 동의를 표하고, 그녀가 앞장서고, 그녀는 느리게 주저하면서 걷고, 그녀는 부엌의 자작나무 목재로 된 가구에 손을 대보고, 액자 안에 들어 있는 사진을 들어 올려보고, 요리 도구의 순서를 흐트러뜨리고, 고리에 걸려 있는 냄비를 건드려서 소리가 나게 하고, 계단 밑으로 나 있는 우리가 자주 사용했던 은신처 중의 하나인 골방의 문을 열고, 내가 기억하는지 묻고, 기억해? 그녀가 말하고, 나는 내 목소리가 그녀의 것에 섞이는 것을 거부한다. 그녀는 유리병, 전기부품이 담긴 상자, 제각각 다른 접시들을 옮기고, 나는 그녀가 사진이 들어 있는 상자를 열고 우리가 예전에 함께했던 여행의 이미지를 발견하지 않기를 바란다. 그녀는 마치 자신의 새로운 집 안에서 자신이 소중하게 간직하고 있는 물건을 고칠수 있을 무엇인가를, 도구, 천 한 조각, 바늘 한 개를 찾으려고 하는 것처럼 보인다. 그녀가 이곳에서 더는 무슨 모양인지도, 이름도 모르는 잃어버린 물건을 찾고 있는 것이 아니라면 말이다. 나는 마지막이 될지 알 수 없는 이 즉흥적인 야밤의 방문동안 그녀에게 아무런 도움도 주지 않고 침묵 속에서 그녀와 동행한다.

그녀는 난간에 손을 얹고 위층에 있는 방 쪽으로 눈을 치켜

뜬다. 나는 그녀 뒤로 재빨리 미끄러져서, 그녀의 그림자가 된 마냥 그녀를 따르고, 그녀에게 착 달라붙어서, 그녀의 고통스러워하는 얼굴과 그녀의 양피지 같고 창백한 피부와 그녀의 해골만큼이나 마른 몸의 정경을 피한다. 만약 모든 일이 우리의 어린 시절처럼 진행된다면, 나는 그녀의 흔적 안에 머무르고, 그녀를 따라 이동하고, 장소에 흔적을 남기고, 그것을 지우기를 반복한 덕에, 그녀 뒤에서 내가 실행한 왕복의 복잡한 그림으로 만들어진, 내부의 닿을 수 없는 홈, 내가 거주할 수 있는 새로운 홈을 파게 될 것이다. 그 순간이 오면 그녀는 나와 동행하지 않을 것이고, 나를 방해하지 않을 것이고, 나를 고통스럽게 하지 않을 것이고, 나에게 닿지 않을 것이고, 나는 뚜껑 문을 발견할 것이고, 나는 다른 쪽을 향해 밀고 나갈 것이고, 해롭고 고통받고 애원하는 그녀의 존재로부터 도망갈 것이고, 나는 실을 끊을 것이다.

프레데리크 K.는 뇌사상태에 있는 환자들의 인공호흡기를 떼 본 적이 있다. 몸은 따뜻하고, 맥박이 뛰고, 신장, 심장, 폐가 작동한다. 하지만 뇌전도는 평평하다. 환자의 가족들은 종종 받아들이기 힘들어하지만, 뇌 시스템이 단절된 환자는 의식을 찾을 가망이 없고, 그의 움직임은 의미가 사라진 반사적인 작용일 뿐이다.

실루엣은 로봇처럼 계단을 오르고, 나는 그녀 뒤에서 계단을 오르고, 그녀의 발걸음에 내 발걸음을 맞추고, 나는 예전의 놀이를, 예전의 생각을, 예전의 방법을, 예전의 몸짓을 되찾고, 나는 나 자신과 동일하고, 우리는 변하지 않고, 다른 것으로 넘어가려고 하지만 이는 불가능하고, 처음의 흔적, 처음의 경험, 처음의 얼굴, 처음 망막에 새겨진 것들은 지울 수 없고, 우리는 안절부절못하며 떼어놓으려고 하지만, 그것들은 괴롭히고, 방해하고, 보지 못하게 하고, 우리는 그것들을 밀어내고, 밀쳐내지만, 그들의 불투명한 덩어리는 사이에 놓여서, 실제로, 은연중에, 분신으로, 흐릿하거나 혹은 선명하게 항상 존재하고, 이는 견딜 수가 없고, 어둡고 작은 점들, 눈앞에 아른대는 얼룩은 우리가 그것들보다 빨리 가려고 할 때마다 움직이고, 우리가 눈을 왼쪽으로 오른쪽으로 굴려보지만, 그것들은 따라오고 들러붙고 가로막고 메우고 희미하게 하고, 이를 피하기 위해서는 다른 눈이, 수정체가 두꺼워지지 않고 흐려지거나 탁해지지 않은, 젊고 생생한 눈이 필요할 것이다.

실루엣은 나를 무시하고 앞으로 나아간다. 그녀는 우리의 방문을 열고 문턱에서 멈춰 있고, 나 역시 그녀와 함께 멈춘다. 그러다 그녀는 부모방, 부부방, 우리에게는 들어갈 권한이 없었던 방, 우리가 열쇠 구멍을 통해 부모가 그들의 후손을 만드는 것을 훔쳐보곤 했던 방으로 향한다. 그녀는 서랍장으로 다가가서 서랍을 열고 이상하게도 느린 방식으로 그 안을 뒤지는데, 마치 예전에는 목표에 따라 설정되었지만 현재로서는 더는 의미가 없는 행동을 반복하는 것 같다. 그녀의 손가락이 물건을 집었다가 다시 놓는데, 그녀는 손, 태도, 어깨의 위치를 통해 기억한다. 그녀의 부유하는 몸짓은 그녀에게서 분리되었는데, 그녀는 자신과 자신의 행동들 사이의 관계가 단절된 듯이, 마치 온몸의 움직임을 통해 이 집에 살았던 시간 동안 자신이 존재했던 방식과 다시 접촉하려고 노력한다는 듯이, 마치 기계적인 모방을 통해 소속감을 되찾고 그녀가 새로운 가정에 합류하고 그곳에서 사라지기 위해 스스로 떠났던 공간과 사람들을 다시 찾으려는 듯이, 이를 실행한다.

실루엣은 예전의 자세를 다시 생성하고, 나는 이를 알아보고, 나는 흔적을, 여정을, 우리 관계의 모든 형태를 알아보고, 나는 그녀가 떠나기 전에 그녀를 우리 가족 안에 합류시켰던 그녀의, 우리의 행동들을 다시 찾고, 하지만 존재, 감정, 생각, 사람은 그곳에 없고, 실루엣은 구멍이 하나 있고, 더 정확히 말하자면 실루엣이 구멍이고, 공백이고, 그녀 옆에 머무는 것은 불가능하고, 그녀는 차가워지고, 빨아들이고, 소멸시키고, 우리는 거기서 멈추고 싶고, 끊고 싶고, 도망가고 싶고, 우리는 더는 그녀를 믿지 못하고, 나는 이를 이제 믿지 않고, 나에게는 이제 신뢰가 없고, 희망이 없고, 동경이 없고, 순수함이 없고,

공감의 마음이 없고, 실루엣은 더는 나에게 매달려 있지 않고, 예전과 같지 않고, 나는 변하지 않았지만 어쨌든 나는 달라졌고, 그날, 마지막 날, 나는 그때까지도 내 모든 인생 동안 그녀에게 사로잡히게 될 것인지 몰랐고, 그날, 마지막 날, 나는 더는 그녀가 필요 없다고 믿고, 나 자신에게 이를 증명하고, 그녀에게 이를 증명하고, 그녀는 나에게 더는 아무것도 아니고, 나는 어린이들의 게임과 숨바꼭질과 꿈과 포기를 끝냈고, 나는 그녀를 우정이나 사랑의 마음 없이 바라보고, 나는 그녀를 공포와 불안과 반감을 가지고 바라보지만, 그녀는 묻고, 애원하고, 말 한마디 없이 그녀의 애착을 드러내고, 그녀는 기계적이고 생각 없는 몸짓으로 자신이 분리된 것이 고통스럽고, 다시 돌아와서 새로 시작하고 싶다고 말하고, 그녀 안의 어떤 힘이 이를 금지하고, 전투는 맹렬하고, 그녀의 저항력은 둔화하고, 그녀의 몸은 쇠약해져서 작아지고, 그녀는 다시 가족 안에서 머물며 똬리를 틀지 않기 위해 자신의 내부에서 소진되고, 그녀는 애원하지 않기 위해 입을 다물지만, 얼굴은 도움을 요청하고, 손은 도움을 요청하고, 어깨는 도움을 요청하고, 살은 결심의 폭력성에 쓸려나가지 않기 위해 더욱더 죄어들고, 그녀는 떠났고, 그렇다, 그녀가 원했고, 그렇다, 그녀는 한 남자와, 이마가 벗어지고, 파이프를 피우던 남자와 자리를 잡았고, 그녀가 집을 떠나기를 원했지만, 그녀는 바로 자신의 결심에 의해, 멀리서 자신을 억압하던 남자에 의해 갉아먹혔고, 남자들은 나쁘고, 가족 안에 들어온 남자들은 나쁘고, 그들은 불법 침입의 방식으로 들어오고, 그들은 제일 약한 몸을 뚫고 들어오고, 연약한 부분, 부드럽고 축축한 부분에 끼어들고, 그들은 가족의 몸을 더듬고, 그들은 어디를 통해서 들어올지를 찾고, 그들은 인내심이 있고, 그들은 느리고, 차분하며, 단호하고, 그들은 틈을 찾는 것 외에는 아무것도 할 일이 없고, 그것을 찾으면 그들은 뚫고 들어가고, 그들은 폭력적이지 않게, 그들의 승리를 게걸스럽게 보여주지 않으면서, 침착하게, 그들을 영광스럽게 만드는 인내심을 가지고 이를 실행하고, 그들은 그들의 희생자를 착각하게 만드는 부드러움을 가지고 이를 실행하고, 희생자는 만족하고, 그녀는 그들이 자신을 뚫고 지나간 다음에 드디어 자유로워졌다고, 드디어 가족의 품에서 벗어나게 되었다고, 드디어 어른이 되었다고 믿고, 틈은 열렸고, 몸은 소유되었고, 가족은 갈라졌고, 행복한 희생자는 그녀의 악마들을 이겨냈다고 믿고, 그녀는 의존 관계에서 벗어나고, 집을 떠나고, 어른의 나이가 되고, 그녀는 들어온 남자가 다른 목적이 있는 것을 모르고, 들어온 남자는 우위를 점하려는 의도가 있고, 들어온 남자는 다스리고 소유하고 복종시키려는 의도가 있고, 파괴에서 벗어나는 방법은 더는 존재하지 않고, 사실이든 아니든 그것이 연약한 연대를 위해 가족이 말하고 믿고 지어내는 것이고, 가족은 더 밀착되고, 가족은 외부의 요소를 추방하고, 모든 혼란의 책임을 그에게 돌리고, 가족은 침입해서 가족 구성원 중 한 명을 차지한 이방인을 증오하고, 가족은, 슬그머니, 남자의 손아귀에 머무는 것에 동의한 희생자를 빼내 오려고 하고, 가족은 슬그머니 불가능한 것을 시도하고, 어떤 이름이든 붙여야할 희생자, 실루엣, 언니는 갈팡질팡하고, 가족의 몸과 남자의몸 사이에 붙잡힌 채, 그녀는 더는 어떻게 선택해야 하는지 모르고, 더는 선택하고 싶지 않고, 어떤 이름이든 붙여야 할 실루엣 언니 희생자는 뷔리당의 당나귀*처럼 선택하는 것을 멈추고, 그녀는 전진을 중단하고, 왼쪽으로도, 오른쪽으로도, 앞으로도, 뒤로도 가지 않고, 이는 실루엣의 새로운 종교이고, 그녀는 가족 구성원들이 자신에게 이리 와, 우리에게로 와, 이리 와,라고 하는 것을 듣고, 그녀는 남자가 자신에게 이리 와, 나에게로 와, 여기로 와, 라고 말하는 것을 듣고, 그녀는 둘 사이에서,마비된 채로, 더는 아무것도 하지 못하고, 더는 서 있고, 일어나고, 먹고, 마시고, 일하고, 읽고, 말하지 못하고, 그녀는 자신과외부를 잇는 모든 것들, 또한 그녀와 내부를 잇는 모든 것들을폐쇄하고, 그녀는 부재하고 놓아버리고 포기하고, 어떤 것도 그녀의 관심을 끌지 못하고, 어떤 것도 그녀를 감동시키지 못하고, 어떤 것도 그녀를 사로잡을 수 없고, 그녀가 속해 있고 그녀가 선택한 부동성은 결정적이고, 그녀는 결정적으로 선택하

---

* 프랑스의 철학자인 장 뷔리당이 말했다고 전해지는 가설로, 배고프고 목이 마른 당나귀가 건초 묶음과 물동이 사이에서 어떤 것도 선택하지 못해 결국 죽고 말 것이라는 역설을 묘사한 것이다.

지 않는 것을, 남자와 가족으로부터 동일한 거리에 머무는 것을, 그들의 가슴이 찢어지는 것을 어떠한 반응도 하지 않은 채 지켜보는 것을, 그들이 그녀의 시체를 서로 나누어 가지는 걸 보는 것을 선택했고, 오늘날 그녀가 되어버린 상태로 그녀를 다시 찾는 것은 무슨 의미가 있을까, 그녀를 먹이고, 애지중지하고, 그녀에게 말하는 것은 무슨 소용이 있을까, 그녀는 감각이 없고, 차갑고 무력하고 빈 껍데기가 되어버린 그녀의 몸에서는 아무것도 꺼낼 것이 없고, 나는 이 몸을 원하지 않고, 이 몸을 증오하고 거부하고, 가버려, 만지지 마, 언니가 선택한 혹은 선택하지 않은 남자에게로 가버려, 나는 이 드라마에 끼어들지 않을 거고, 언니를 찾으러 가지 않을 거고, 나, 나는, 내 친구들과 함께, 대도시에서, 외부의 새로운 은신처를 발견했고, 나는 다른 편으로 지나왔고, 나는 다른 곳에 있고, 나는 무사하고, 나는 나를 위로하는 방법을 찾았고, 나는 가정에서 벗어났고, 나는 언니를 찾으러 돌아가지 않을 것이고, 나는 빠져나왔고, 관계를 잘랐고, 이 단절은 틀림없이 흔적을 남겼을 것이고, 언니는 환영지幻影肢처럼 나에게 나타나지만, 나는 이 어려움을, 이 자극을, 이 기분 나쁜 간지러움을, 이 상실을 견디고, 나는 앞으로 나아가고, 언니를 찾으러 돌아가지 않을 것이고, 언니가 어떤 상태로 나에게 나타나든, 이미 너무 늦었고, 나는 언니를, 언니의 영향력과 지배력을, 목소리를 지우고, 언니를 내버려두고, 언니를 떠나고, 나는 벗어나고, 나는 자유의 몸이 된다.

프레데리크 K.는 위험도가 높은 임신과 태아의 안락사를 전문으로 하는 신생아학과에서 몇 년 동안 일했다. 그가 속한 의학팀은 비탄에 잠긴 가족들과 함께 배아의 발달을 중지시킬지 여부를 결정하기 위해 기형, 특이성 진단, 도래할 장애, 3염색체성, 유전성 질환을 탐지해야 했다. 그는 조산^{早産} 동안 산모와 아이 사이의 탯줄이 절단되기 전에, 즉 태아가, 엄마에게 떨어져서, 완전한 사람으로 간주되기 전에, 태아에게 죽음에 이르도록 하는 일을 실행해야 했다. 산파가 아이를 꺼내고 숨을 쉬지 못하도록 그의 입을 누른다. 공기와 호흡은 의학적으로, 법적으로 삶의 신호로 간주되기 때문에 폐에 산소가 들어가면 안 된다. 이러한 임신 중단은 이와 같은 조건에서만 합법이었다. 그리고 이는 기술적으로 그리고 감정적으로 매우 어려웠다. 소수의 의사만이 이를 집도하는 것을 받아들였는데, 막대한 책임감 때문이기도 했지만 유아 살해범이라는 낙인이 그들을 따라다녔기 때문이다. 슬픔에 잠긴 부모들은 이후의 기념 의식을 위해 죽은 태아를 되찾아 가거나 혹은 수술실에 두고 떠나는 것을 택할 수 있었다. 후자의 경우 시신은 해부학적 폐기물로 취급되어 빈틈없이 밀봉된 컨테이너에 실려 허가된 소각장으로 신속하게 발송되고, 그곳에서 병원 외과수술의 부산물인 조직, 사지, 장기, 지방과 뼈와 합쳐져 제거된다.

실루엣은 낙담한 채 침대 위에 걸터앉았다. 그녀는 누워서 눈을 감고, 나는 경직되고 불편한 채로 그녀의 곁에 머문다. 나는 그녀가 차리하는 자리와 그녀가 나에게 차지하도록 한 자리를 이해하지 못한다. 그녀는 스웨터와 셔츠를 벗고 그녀의 상처를 보여준다. 나는 놀라움과 역겨움과 공포와 슬픔을 느낀다. 방을 떠나고 싶다는 억제할 수 없는 마음이 나를 덮친다. 나는 살을 뚫고, 그것을 약화시키고, 분리하고, 열어서, 감염시키는 병에 걸린 실루엣을 볼 용기가 없다. 오늘날까지도 반절은 벗은 채로 나의 도움을 기다리고 있는 그녀의 처량한 이미지들이 떠오를 때면, 나는 그것들을 쫓아낸다. 그녀의 몸은 말랐고, 옆구리는 돌출되었다. 등골은 뾰족하고 단단하고 위협적이어서 피부를 찢고 나올 것만 같다. 또한 딱지와 상처 중 몇몇은 흉터가 남았고, 몇몇은 아직도 깊고 진물이 나온다. 나는 이미지를 덮는다. 나는 나를 사로잡은 이미지로부터 나를 해방할 수 있을 만한 극적이고 폭력적이고 피가 난무하고 불건전하고 더러운 다른 이미지들을 호출하고, 그것들이 찾아와서 내 기억을 집어삼키길 바라고, 끈질기게 머릿속에서 반복되는 이 이미지를 포위해서 변형시켜야 할 것이고, 나는 친숙하고 가까운 이 몸을, 나에게 마지막 노력의 일환으로 자신의 우울과의 불공평한 전투로 생긴 자국을 보여주는 이 몸을 더는 생각하고 싶지 않다.

만약 실루엣이 말했다면, 만약 내가 그녀에게 말할 기회를 줬다면, 만약 내가 그녀가 하는 말을 들었다면, 그녀는 말할 수 있었을 것이고, 그녀는 아마도 말했을 것이고, 나는 그녀가 하는 말을 듣지 않았을 것이고, 나는 그녀가 이렇게 말했는지 모른다.

거기 머물러, 나는 혼자서 그것을 할 수 없어, 그것은 내 등에, 뒤에 있어, 내가 볼 수 없을 때 그것이 찾아와, 내 등 뒤에서 나를 놀라게 해, 내 안에 있지만 보이지 않는 채로, 상처는 열리고 커지고 감염시키지만, 그건 내 뒤에서 일어나고 나는 아무것도 볼 수가 없고, 나는 반응할 수 없고, 치료할 수도 없고, 오로지 거울을 볼 때만, 고개를 세게 돌릴 때만, 아주 세게 뒤트는 노력을 할 때만 볼 수 있고, 그건 뒤에서, 마치 내 몸에 달라붙은 다른 몸처럼, 마치 그림자처럼, 분신처럼 닿을 수 없고, 나는 사로잡혔고, 나는 여럿이야, 욕실로 가서 필요한 것을 가져와, 나 혼자서는 못해, 그건 뒤에 있고, 누군가가 나를 위해 그것을 해줘야 해, 누군가가 나를 치료해줘야만 해, 이것은 매우 간단해, 연고 조금이랑 반창고, 아주 간단하고, 어렵지 않고, 여기에는 필요한 것이 모두 있을 것이고, 여기에는 항상 필요한 것이 있고, 우리가 필요한 모든 것, 꿈꾸는 것이 모두 있고, 여기서, 집 안에서 그것을 찾을 수 있고, 나는 떠나지 말았어야 했을 테고, 아니 결국엔 그래야 했고, 나는 내가 해야 했던 것을 했고, 나는 떠나야 했고, 아니 결국엔 그러지 말았어야 했고, 그는 착하지만 조금 무서울 때가 있고, 그는 착하지만 나를 가만히 내버려두지 않고, 나는 우리가 사는 아파트를 떠날 수 없고, 그가 이를 허락해주지 않고, 그는 나를 감시하고, 그는 나를 사랑하지만 나를 감시하고, 우리가 누군가를 사랑할 때 우리는 상대방을 위해 너무 두려운 나머지 종종 가둬야 할 필요가 있고, 바로 그거야, 그는 사랑 때문에 나를 가두고 감금하고 보호하고, 그는 내가 걷고, 이동하고, 다른 사람들을 만나도록 내버려둘 때 생길 수 있는 모든 일을 걱정하고, 거기에 위험이 따른다는 건 맞는 말이고, 나는 어떠한 위험도 감수하지 않고, 나는 그의 불안을 존중하고, 그는 틀리지 않았고, 그가 옳고, 예전에는 여기서 가족들과 함께였지만, 지금 나는 그와 함께이고, 그건 똑같아, 나는 컸고, 나이가 들었고, 나는 삶이 무엇인지 알지, 만약 네가 알았더라면, 너에게 말해줄 수 있었을 텐데, 너는 상상하지 못할 거야, 아직은, 내가 너에게 말한다면 어떨까, 하지만 그러지 않을게, 너는 스스로 발견할 시간이 있을 테니까, 나에게 질문을 하지 말아줘, 만약 네가 알고 있었다면, 나는 어떻게 그것이 찾아오는지, 처음에는 호기심을 가졌다가 그것이 무관심으로 변하기 위해서는 무슨 일이 일어나는지 너에게 말해주고 싶은데, 그건 마치 병 같은 거고, 병이고, 두꺼운 막이 몸 위에서 천천히 펼쳐지고, 처음에는 바깥에서부터 시작하고, 그것이 바깥에서 비롯한다고 생각되고, 그렇게 생각하는 것이 더 논리적이고, 우리는 자신의 힘으로 이 막의 적대성에 맞설 수 있고, 무엇인가가 포위될 때, 그것이 모양과 근원을 가지고 있을 때, 우리는 이 무엇인가에 대항해 싸울 수 있을 것이고, 처음에 우리는 완강하게 버티고 싸우고 적을 모르긴 하지만 신체의 건강함으로 적을 무찌를 수 있다고 생각하지만, 그 이후에 상황은 달라지고, 힘은 적에게 아무런 영향도 미치지 않는다는 것을 깨닫게 되고, 적은 이를 비웃고, 그는 힘으로 혹은 우리 안에 있는 무엇인가에 대항해서 들어오는 것이 아니고, 그는 포위하지 않고, 이 싸움에서 전사의 표본은 아무런 의미도 없으며 어떤 것에도 상응하지 않고, 그것은 벗어나기 위한 능력에 족쇄를 채우고, 전사의 표본은 오류를 범하도록 속삭이고, 우리는 그것이 무엇을 의미하는지 이해하기 위해 막이 하는 이야기를 듣고, 그것을 따라가는 것이 낫다고 생각하고, 그것이 퍼지도록 내버려두는 것이 낫다고 생각하고, 그러다 막이 외부에서 비롯한 것이 아니고, 안으로 침투하기 위해서 살갗과 근육을 뚫은 것이 아니라는 것을 이해했을 때, 그리고 그것이 내면의 싹에서 자라났다는 것을 이해했을 때, 싹이라고 말하는 것은 과장되었긴 하지만, 그것의 생각을 통해 길을 뚫었다는 것을 이해했을 때, 그때는 이미 너무 늦었고, 아무것도 더는 중요하지 않고, 전혀 기다려지지 않았던 세상의 무용함이 등장하고, 우리는 이에 준비되지 않았고, 이렇게 엄청난 공허에 적응하도록 교육받지 않았고, 기억하니, 네가 나에게 역사 수업을 반복하도록 했던 것을, 너는 내가 메모를 해둔 분홍색과 노란색 종이를 골랐고, 전쟁, 이차세계대전, 쓸만한 표본을 제공하지 않기 때문에 전쟁이란 좋은 예이고, 나는 시도해봤지만, 이 표본은 발전시킬 수 없고, 우리는 진척이 없고, 우리는 방어하고, 굳게 저항하고, 적을 무찌르지만, 우리가 적이 없다는 것을 결국 깨달을 때면 그땐 너무 늦었고, 우리는 벌써 갉아 먹혔고, 이차세계대전, 연합군, 너는 나에게 연도를 기억해서 말하도록 했고, 기억하니, 나 언니, 너 동생, 나이 차이가 몇 년 있는, 함께, 그리고 따로, 나는 너에게 이야기하지 않았고, 말하지 않았고, 나는 할 말이 아무것도 없고, 묘사할 것도 없고, 각자에게 일어난 일은 묘사되지 않고, 막이 파도처럼 치솟다가 다가오는 소리가 들리고, 그것이 멀리서부터 덮치고, 이에 저항할 수 있는 아무런 방법이 없는데, 나는 소리를 지를 수도, 도움을 요청할 수도, 혹은 변하고 손상된 몸과 함께 집으로 돌아올 수도 있었겠지만, 그는 절대로 내가 그렇게 하도록 내버려두지 않았을 것이고, 이마가 벗어진 그 남자는 틀림없이 나를 그의 집으로 다시 데려갔을 것이고, 나는 마치 사람들이 나누어 갖는 시신이 된 것 같고, 마치 빈 껍데기가 된 것만 같고, 나는 더는 그곳에 없고, 막이 모든 것을 가져갔고, 그것은 나의 애정까지, 나의 연민까지, 나의 사랑까지 모두 가져갔고, 내 주변의, 외부에서 일어나는 일들은 나를 건드리지 않고, 나의 주의를 끌지 않고, 네가 할 수 있을 모든 것들은 나에게 어떠한 도움도 되지 않을 것이지만, 그래도 해, 나에게 보여줘, 다시 한번, 너에게, 다른 이에게, 나를 둘러싼 사람들에게 있는 것을 보여줘, 나는 지금 삶의 광채가 그립고, 나의 철수에도 불구하고 그 광채가 완전하다는 것을, 적어도 당신들이 변하지 않았다는 것을 보여줘, 나의 떠남 혹은 귀환 혹은 추락 혹은 병, 무관심이 너무도 광활한 나머지 모든 세상을 덮어버리는 병, 무관심이 너무도 엄청난 나머지 고통스럽게 만드는 병, 나는 무관심과 나머지로부터 분리되어야 하고, 매일 찾아오는 그것의 반복에서 벗어나야 하고, 다가오는 매일매일은 건너야 할 시련이고, 무관심의 병, 이것이 너를 변화시키지 않았다는 것을 보여줘, 더는 못하겠어, 나는 더는 시련을 극복하지 못하겠어, 나는 더는 힘이 없고, 나는 더는 저항하지 못하겠어, 내가 내릴 결정이 무엇이 되었든 나를 용서하리라는 것을 보여줘, 나는 바로 그것을 찾으러 여기에 온 거야, 내가 떠나기 전에 이 확약을 해줘, 나에게 이 유일한 확신을 줘, 유일한 휴식, 그것도 아니면 차라리 주지마, 무엇이 중요하겠어, 어쨌든 지금 이것들은 나와 아무런 상관도 없는데.

몇 년 전 프레데리크 K.는 응급실과 소생실에서의 일을 그만둬야 했다. 그는 더는 육체적 정신적 건강, 논리, 기억해야 할 서류, 최대한 빨리 분석해야 할 숫자들, 신속하게 내려야 할 결정이 필요한 직업을 수행할 수 없다. 그는 자기 능력을 갉아먹는 다발성경화증에 걸렸다. 그는 마취과로 옮겼고, 각성 상태를 약화하는 수면제, 고통을 완화하는 모르핀, 근육을 느슨하게 만드는 쿠라레*를 투약하고, 그는 자신이 예전에 가졌던 직업을, 도로 위에 있던 사람들의 요동치고 뒤바뀌던 삶을 기억하고, 이 모험은 이제 끝났고, 그는 더는 탯줄을 자르지 않아도 되고, 도롯가에서, 철도 위에서, 침대에서, 소파와 탁자 사이에서, 모두가 술을 거하게 마신 결혼식장 한가운데서, 다리에 등을 댄 채, 나무에 깔린 채, 기둥에 목을 맨채, 벼락 혹은 바퀴벌레 때문에 죽은 사람들을 찾으러 가지 않아도 된다. 그는 지루하다.

실루엣은 그녀의 야윈 모습에도 불구하고 큰 자리를 차지한다. 모든 자리를 차지한다. 그녀는 내가 자기 곁에 앉지 못하도록 한다. 그녀는 나를 붙잡는다. 빨아들인다. 무력화한다. 엄습한다. 나는 도망쳐야 한다. 나는 일어난다. 나는 떠나야 한다고 설명한다. 나는 친구들을 보러 가기 위해 집을 떠나야 한다. 우리는 나중에 다시 볼 것이다. 내가 나중에 그녀를 돌봐줄 것이다. 당장에는 시간이 없다. 나는 준비해야 할 시험이 있다. 봐야 할 사람들. 제출해야 할 과제들. 메모해야 할 책들. 정리해야

---

*   남아메리카의 원주민들이 식물에서 추출해 사냥용으로 사용한 독이다. 알칼로이드 계열의 신경독으로, 마비 효과를 이용해서 외과 수술 시 근육 이완제로 쓴다.

할 일들도. 나는 더 오래 있을 수가 없다. 정말 미안하다. 그녀가 원한다면 그녀의 집에 들를 것이다. 다음 주에 잠깐 시간을 내서 그녀에게 인사를 하러 갈 것이다. 우리는 산책을 할 것이다. 잠시 외출을 할 것이다. 도시에 갈 것이다. 아이스크림을 먹을 것이다. 영화를 고를 것이다. 요새 무슨 일이 있는지에 관해 이야기할 것이다. 그녀는 언제 시간이 되는지만 알려주면 된다. 아마 멀지 않을 것이다. 다른 기회. 다른 날. 나는 할 일이 너무 많다. 너무 바쁘다. 나에게는 의무가 있다. 새로운 관계가 있다. 새로운 친구들이 있다. 이는 피할 수 없다. 우리는 매번 기다릴 수 없다. 기다리다 못해 지칠 수 없다. 이는 불필요할 것이다. 그리고 해로울 것이다. 삶은 계속된다. 우리는 생존한다. 지친다. 배신한다. 우리는 선택할 수가 없다. 우리는 몇몇 기억을 간직한다. 우리는 자만하며 그것을 휘젓는다. 예전에 듣던 노래들을 듣는다. 확인한다. 우리는 여전히 아프다. 안심이 된다. 우리는 오래된 노래들을 덜 듣는다. 우리는 자만에 진력이 난다. 덜 확인한다. 그것이 다시 찾아오리라는 것을 안다. 그것을 원하기만 하면. 그리고 그것을 수면 위로 드러내기 위해 오래된 고통을 부르기만 하면 될 것이다. 우리는 부르지 않는다. 우리는 새로운 길로 떠나는 것을 허용한다. 새로운 친구를 사귀는 것을. 집을 떠나는 것을. 큰 도시를 걷는 것을. 하지만 이 때문에 우리가 잊어버릴 위험이 있지는 않은지 자문해보기는 한다. 만약의 경우가 있지는 않은지. 그래서 우리는 오래된 노래들을 튼다. 어떤지 보려고. 우리는 그것이 영향을 덜 미치는 것을 확인한다. 이해할 수 없는 일이다. 아주 고약하다. 우리는 자신을 알아볼 수 없다. 왜 우리는 덜 아픈가? 우리는 오래된 고통을 더는 느끼지 못한다. 우리는 그것을 찾아보지만, 그것은 손가락 사이로 빠져나간다. 그것은 오므라진다. 우리는 그것을 상실한다. 그것을 잃었다고 믿는다. 그렇게 느끼는 자신을 나무란다. 어떻게 그럴 수가 있지? 자신을 의심한다. 우리는 관심을 돌린다. 우리는 즐긴다. 이는 피할 수 없다.

내 등의 실루엣이 옷을 입고 나를 따라온다. 현재로서는 그녀가 내 뒤에 그림자처럼 머문다. 그녀가 나 다음에 계단을 따라 내려온다. 그녀가 밤의 추위에 대비해 옷을 입는다. 그녀는 나와 동행하여 가로등 밑의 대문에 도달한다. 우리는 얼마간 나란히 걷는다. 나는 이제 오른쪽으로 갈게, 친구 집에 갈 거야, 그녀랑 약속이 있어. 이것이 내가 한 말이다. 언덕 밑으로 오른쪽으로는 마을이 펼쳐져 있고, 왼쪽으로는 도로가 들판 사이로 구불구불 놓여 있다. 실루엣은 그녀의 집으로 돌아가기 위해서 도로를 따라가야 하고, 마을을 떠나야 한다. 그녀가 나에게 마지막 인사를 하고, 미소를 보내는데, 그녀의 표정은 읽을 수가 없고, 우리는 보통 다른 세계에 속한 이들의 얼굴을 판독하지 않는다.

밤에 나는 실루엣이 사라지는 것을 보았다. 나는 나에게 변

명이 돼주었던 친구네 집으로 향하는 대신, 실루엣이 작아지는 것을 바라보았고, 내 불완전한 시력으로 그녀가 들어가서 사라진 어둠을 간파하려고 했다. 나는 그녀가 비틀거리지는 않을지, 넘어지거나 혹은 뒤로 돌아오지는 않을지 스스로에게 확인시키려는 것처럼 그녀 뒤에서 거리를 두고 조금 걸었다. 하천을 잇는 작은 다리 이후로 도로는 꺾여서 더는 보이지 않게 되었고, 나는 아스팔트 위의 그녀의 가벼운 발소리를 들으려고, 어둠의 농도 변화를 알아채려고, 그녀가 지나가면서 변화된 공기의 진동을 느껴보려고 애썼지만, 나의 둔한 감각은 내가 그녀의 흔적을 따라가지 못했고, 곧 그녀의 어떠한 신호도 나타나지 않았다. 나는 기다렸고, 미미한 소리를 내는 밤의 질감에 주의를 기울였다. 그리고 그녀가 떠났다는 것에 확신이 들었을 때, 나는 짓누르는 무게가 사라진 것처럼 안도했다. 나 자신이 드디어 완전하게 느껴졌고, 드디어 해방되고, 가벼워진 것 같았다. 나는 바로 당장에는 그녀를 다시 붙잡아서 그녀를 돕거나 혹은 부축할 수 있다고 말하고 싶은 마음이 없었다. 나는 몹시 기뻤다. 내가 젊고, 매우 건강하게 느껴졌고, 행복했고, 경쾌했고, 나는 미소를 지었고, 나는 해방되었고, 풀려났고, 자유로웠다.

그로부터 많은 시간이 지난 후에, 나는 그 밤의 이야기를 반복하고 또 반복했고, 마치 그리스 비극에서처럼 왼쪽 혹은 오른쪽으로 나뉘는 분기점을 다시 보았고, 실루엣의 결정적인 사라짐으로 인해 다른 의미를 가지는 이 평범한 시간을 머릿속으로 돌아봤으며, 나는 무관심한 척했던 나를, 말로 표현되지 못한 그녀의 요구를 밀쳐낸 것에 대해 자신을 원망했고, 그녀를 위해 행동할 수 있는 마지막 기회를, 그녀의 마지막 기회, 나의 마지막 기회, 우리의 마지막 기회를 나에게 준 그녀를 원망했다. 그리고 나는 언젠가는 내가 듣지 않았던 이 목소리를 듣게 될 것이고, 내가 주의를 기울이지 않았던 이 말들을 듣게 될 것이고, 그것들을 반복하고 지어내 그들에게 반향을 주게 되리라 생각했다. 은하의 밤에서 이미 오래전에 꺼져버린 먼 옛날 별의 강렬하고 미미한 빛을 경의에 차서 가리키는 것처럼, 나는 그녀의 순간적인 광채가 나타나는 공간과 시간을 가리킬 것이다. 그녀의 부름에 대답할 수 없는 대신, 나는 내 방식대로 그녀에 대한 흔적을, 작고 개인적인 흔적을 남길 것이고, 이것은 그녀를 버리지 않기 위해 내가 찾아낸 유일하고, 내면적이고, 늦은 동시에 하찮은 방법일 것이다.

적대적 상황에서의 생존 메커니즘

1판 1쇄 찍음 2020년 1월 17일
1판 1쇄 펴냄 2020년 1월 31일

지은이 올리비아 로젠탈
옮긴이 한국화
펴낸이 안지미
편집 유승재
디자인 안지미 이은주
표지그림 우정수
제작처 공간

펴낸곳 (주)알마
출판등록 2006년 6월 22일 제2013-000266호
주소 03990 서울시 마포구 연남로 1길 8, 4~5층
전화 02.324.3800 판매 02.324.2844 편집
전송 02.324.1144

전자우편 alma@almabook.com
페이스북 /almabooks
트위터 @alma_books
인스타그램 @alma_books

ISBN 979-11-5992-285-5 03860

이 도서의 국립중앙도서관 출판예정도서목록CIP은 서지정보유통지원시스템 홈페이지 http://seoji.nl.go.kr와 국가자료공동목록시스템 http://www.nl.go.kr/kolisnet에서 이용하실 수 있습니다. CIP제어번호: CIP2020001236

알마는 아이쿱생협과 더불어 협동조합의 가치를 실천하는 출판사입니다.

종이 표지_아트지 250g/㎡ 본문_전주 그린라이트 100g/㎡